ADERYN AR FFO

Aderyn ar Ffo

Yr ail nofel mewn trioleg
i ddysgwyr gan
PAT CLAYTON

Argraffiad cyntaf: Tachwedd 1997

Rhif Llyfr Safonol Rhyngwladol:
0-86381-462-X

Cynllun y clawr: Alan Jones
Llun y clawr: Andrew Maclean

Argraffwyd a chyhoeddwyd gan Wasg Carreg Gwalch,
12 Iard yr Orsaf, Llanrwst, Dyffryn Conwy LL26 0EH
☎ (01492) 642031

Diolchiadau

Diolch i Dr John Webb am y wybodaeth feddygol ac i Rhodri Lewis ac Ainé Denver am y wybodaeth gyfreithiol. Diolch i Cynthia Davies unwaith eto am ei chyngor parod a diolch yn arbennig i Elwyn Hughes am ei gefnogaeth a'i gymorth parhaol. Diolch hefyd i Esyllt a Myrddin yng Ngwasg Carreg Gwalch am eu gwaith hwythau.

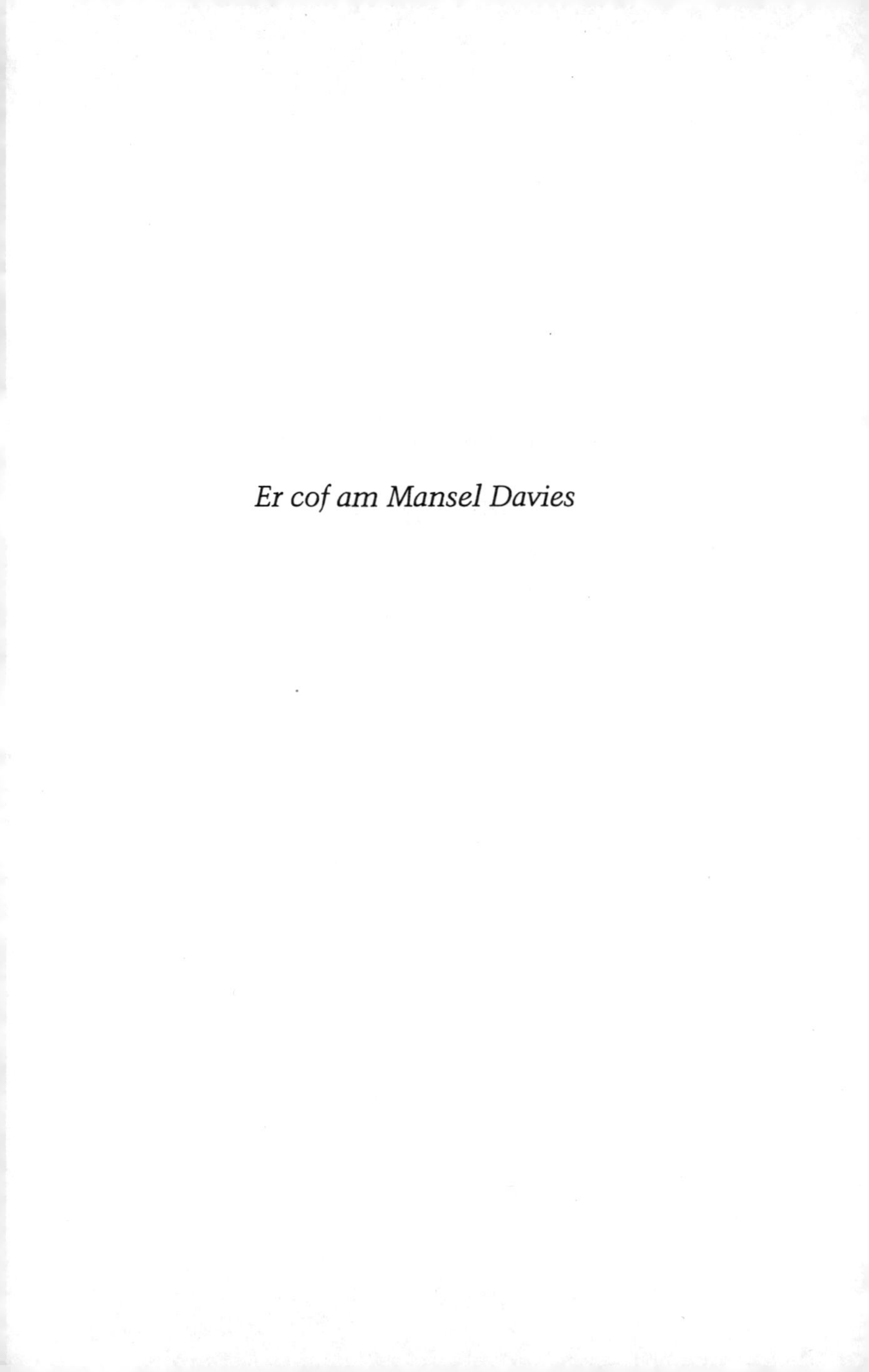

Er cof am Mansel Davies

Y gyfrol gyntaf yn y drioleg:

Aderyn y Nos

Y Stori hyd yn hyn:

Yn 1919 roedd cannoedd o filwyr o Ganada yn aros yng Ngwersyll Parc Cinmel am longau i fynd â nhw adref. Roedden nhw'n ddig iawn am fod rhaid iddyn nhw aros yno mor hir ac am fod bywyd yn y gwersyll mor ofnadwy. Ar y pedwerydd o Fawrth dechreuodd y dynion derfysg. Doedd dau o'r milwyr, Danny Evans a'i ffrind Jackson, ddim eisiau mynd yn ôl i Ganada felly penderfynon nhw ddianc ar noson y terfysg. Cymry oedd teulu Danny'n wreiddiol ac roedd Danny eisiau dianc rhag bywyd o droseddu ym Montreal. Roedd Danny wedi priodi yn ddirgel â Megan Jones, merch leol, oedd yn nyrs yn y gwersyll. Roedd Megan yn ferch i ffermwr a breuddwyd Danny oedd bod yn ffermwr yng Nghymru.

Roedd Myfanwy Jones, mam Megan, yn cadw tŷ i'r ficer Huw Rees-Davies, y ficer oedd wedi priodi Danny a Megan. Cuddiodd Megan Danny yn seler y ficerdy. Daeth yr heddlu milwrol i chwilio am Danny yn y fferm a'r ficerdy ond wnaethon nhw ddim darganfod ei guddfan ddirgel yn y seler. Rai wythnosau wedyn, daeth yr heddlu milwrol yn ôl i ddweud bod Danny wedi boddi yn afon Dyfrdwy. Roedden nhw wedi darganfod ei ddisg enw ar gorff yn y dŵr. Roedd Danny wedi rhoi ei ddisg enw i Jackson felly roedd o'n credu mai Jackson oedd wedi marw.

Dechreuodd Danny fyw bywyd rhyfedd. Byddai'n crwydro'r ardal gyda'r nos ac yn cuddio yn y seler drwy'r dydd. Ym mis Tachwedd, cafodd Megan fabi – Bryn. Roedd hi'n anodd i Danny feddwl am ffordd i ddod allan o'i guddfan, ond dechreuodd sylweddoli bod 'na lawer o bethau fedrai dyn marw eu gwneud heb gael ei ddarganfod. Roedd o'n cyfarfod llawer o drampiau yn ystod y nos a dechreuodd feddwl efallai fod ei ffrind Jackson yn fyw.

Roedd priodas Myfanwy a Robert Wyn Jones, rhieni Megan, yn un stormus iawn. Myfanwy oedd biau'r fferm a phan gafodd Megan y babi, sylweddolodd Robert nad oedd o byth i fod yn feistr ar y lle. Roedd o wedi gwneud llawer o bres fel dyn llefrith i Wersyll Parc Cinmel a phenderfynodd agor siop groser yn y Rhyl. Doedd Robert yn gwybod dim am Danny yn y seler a doedd o ddim yn gwybod chwaith mai'r ficer Huw Rees-Davies oedd tad go iawn Megan.

Yn y gwanwyn byddai Danny'n gwarchod ŵyn yr ardal dros nos ac roedd ganddo enw da fel Ffrind y Ffermwr, er nad oedd neb wedi ei weld o. Roedd Danny'n ddigalon iawn weithiau ac yn ystod yr amserau hynny roedd o'n dwyn pethau o dai mawr yn yr ardal. Ceisiodd Megan ei berswadio i beidio â dwyn ond gwrthododd Danny wrando arni. Ar ôl ffrae fawr, dwedodd Megan fod rhaid i Danny fynd. Gadawodd Danny'r ficerdy i chwilio am Jackson. Roedd ei freuddwyd ar ben.

Geiriau newydd

boddi – *to drown*
breuddwyd – *dream*
crwydro – *to wander*
cuddfan – *hiding place*
cuddio – *to hide*
darganfod – *to discover*
dirgel – *secret*
dwyn – *to steal*
gwarchod – *to watch over*
gwersyll – *camp*
gwrthod – *to refuse*
hyd yn hyn – *so far*
milwyr – *soldiers*
piau – *to own*
rhyfedd – *strange*
terfysg – *riot*
troseddu – *to commit crimes*
ŵyn – *lambs*

Pennod 1

Un bore dydd Mercher yng nghanol mis Hydref, cyrhaeddodd Myfanwy Jones y ficerdy am saith o'r gloch. Roedd dwy gwningen yn hongian ar ddolen drws y gegin efo nodyn, 'Dwy gwningen am un brecwast? Ff.Ff.' Ffrind y Ffermwr? Roedd hi wrth ei bodd. Roedd ei mab-yng-nghyfraith yn ôl. Agorodd y drws, cynnau'r tân a rhoi'r tegell ar y stôf heb dynnu ei chôt. Rhuthrodd yn ôl i'r fferm i nôl Megan. Roedd Twm y gwas fferm a'i fab Gwyn yn y parlwr godro, ac roedd Megan yn agor y llaethdy.

Yn gyflym dwedodd Myfanwy wrthi hi am y nodyn. Cafodd Megan sioc ac aeth hi'n welw yng ngolau'r lampau olew.

'Tyrd i'r ficerdy, Megan. Ydy Betsan yn gwarchod Bryn?'

'Ydy.'

'Tyrd, 'ta!'

'Dwi ddim yn siŵr . . . ' petrusodd Megan.

'Wrth gwrs dy fod ti'n siŵr!' Dy *ŵr* di ydy o. Rwyt wedi bod yn annifyr ers iddo fo fynd. Rho gyfle arall iddo fo, Megan.' Roedd Megan yn ansicr. 'Wel,' meddai Myfanwy. 'Mae'r ystlumod o gwmpas ar hyn o bryd ac mae ofn ystlumod arna' i, felly pwy sy'n mynd i fynd â brecwast i Danny yn y seler? Paid â bod mor falch.'

'Iawn,' meddai Megan o'r diwedd, 'ond gobeithio ei fod o wedi newid.'

Medrai hi gofio'r ffrae fawr efo Danny'n glir, ond roedd hi'n ei garu o'n fawr, ac wedi ei golli'n ofnadwy.

Hanner awr wedyn, roedd y wawr yn torri pan aeth Megan â brecwast Danny i'r seler. Roedd o'n aros amdani yn y seler fawr. Edrychodd y ddau ar ei gilydd am funud. Roedd Danny mor nerfus â hi.

'Megan annwyl! Dwi wedi dy golli di,' meddai'n ddistaw. Yn araf, cymerodd yr hambwrdd o'i dwylo a'i roi ar y bwrdd mawr. Cymerodd Megan yn ei freichiau a'i chusanu eto ac eto. Dechreuodd Megan grio a chusanodd Danny'r dagrau ar ei hwyneb. Ar unwaith, roedden nhw'n cofleidio'n wyllt. Cododd Danny Megan a'i chario i'r seler win. Roedd Danny wedi tacluso'r seler a chynnau'r lamp. Suddodd y ddau ar y gwely. Aeth brecwast Danny'n oer yn y seler fawr.

Wnaeth Danny ddim dweud llawer am ei fywyd yn Llundain. Roedd o wedi bod yn gweithio fel *chauffeur* i deulu bonheddig, ond roedd ganddo hiraeth am Megan a Bryn a'r bywyd gwledig. Roedd o wedi colli blas ar fywyd dinesig a methodd ddod o hyd i'w ffrind Jackson.

'Mae chwilio am rywun sydd ar goll fel chwilio am nodwydd mewn tas wair yn Llundain,' meddai.

'Felly,' meddai Megan. 'Wyt ti wedi cael gwybod unrhyw beth am amnest yr encilwyr?'

'Dim byd, ond does dim ots. Dwi'n bwriadu dod

allan o'r seler erbyn pen-blwydd Bryn.'

'Gwych, Danny.' Roedd pen-blwydd Bryn mewn ychydig llai na mis. 'Ond sut?'

'Mi gerdda' i i fyny'r ffordd a dweud, "Dyma fi, dwi ddim wedi marw, mi wnaethon nhw gamgymeriad". Mi wna' i gymryd siawns efo'r heddlu milwrol. Mi ddylwn i fod wedi gwneud hynny o'r blaen.'

Roedd Megan wrth ei bodd. Cytunodd y ddau fod Danny'n mynd i ysgrifennu llythyr at Megan mewn rhyw wythnos. Wedyn, byddai Megan yn dweud wrth y ficer a phobl yr ardal ei bod hi wedi derbyn llythyr gan ei gŵr yn dweud ei fod o'n fyw a'i fod yn dod adref.

'Rŵan, sut mae pethau yma? Sut mae Bryn? Dweda bopeth wrtha' i.'

Geiriau newydd

balch – *proud*
bonheddig – *upper class*
cofleidio – *to hug*
cynnau – *to light*
dagrau – *tears*
dinesig – *urban*
dolen – *handle*
encilwyr – *deserters*
godro – *to milk*
gwelw – *pale*
hambwrdd – *tray*
methu – *to fail*
nodwydd – *needle*
petruso – *to hesitate*
suddo – *to sink*
ystlumod – *bats*

Pennod 2

Roedd hi bron yn ddiwrnod ail ben-blwydd Bryn a dwedodd Megan wrth Danny fod eu mab yn rhedeg o gwmpas y tŷ a'i bod hi'n waith llawn amser ei gadw fo rhag creu trafferth.

'Mae o'n dysgu gair newydd bob dydd ond mae'n anodd ei ddeall o achos dydy o ddim yn medru dweud *r*. Mae o'n galw ei hun yn *Byn*.' Chwarddodd Danny. Roedd o'n edrych ymlaen at fod yn dad i Bryn eto.

'Sut mae Myfanwy? Beth am Robert a'i siop?'

'Mae Mam yn iawn – yn falch o gael gwared ar Dad. Mae o'n dod adref bob nos Sadwrn i ddweud wrthon ni pa mor dda mae ei fusnes bach pwysig yn mynd.'

'Ydy o'n dweud y gwir?'

'Ydy, dwi'n meddwl. Mi fues i yn y siop unwaith. Fyddet ti ddim yn adnabod Dad, Danny. Mae o'n gwisgo crys gwyn a gwasgod efo wats a chadwyn, a ffedog wen lân bob dydd. Mae o'n edrych yn smart iawn. Ei nai Edgar sy'n ei helpu o yn y siop ac mae o'n siarad am gael rhywun arall yno hefyd.'

'A beth am ei ffrind, Albert y cigydd? Sut mae busnes yr hen gadno hwnnw'n mynd?'

Cochodd Megan. 'Mae'n gas gen i Albert Griffiths, mae o'n niwsans mawr.'

'O! Be sy' wedi digwydd?'

'Mae Albert yn mynd yn rhy fawr i'w esgidiau. Mae ganddo fo fan rŵan ac mae o'n mynd â chig o dŷ i dŷ yn yr ardal. Mae'r merched i gyd yn cwyno amdano fo – mae o'n eu poeni nhw drwy'r amser efo'i awgrymiadau budr.'

'Ydy o wedi dweud rhywbeth wrthot ti, Megs?'

'Ydy wir, mae o'n meddwl fy mod i'n darged hawdd. Gweddw ydw i, cofia.'

'Lle mae o'n byw? Mi wna' i roi cweir i'r diawl,' hisiodd Danny.

'Paid â phoeni Danny, mi dwi'n gwneud yn siŵr nad ydw i yma pan mae o'n dod â'r cig. Ych a fi! Gawn ni siarad am rywbeth arall, dwi ddim eisiau gwastraffu amser yn sôn am Albert Griffiths.'

'Iawn, os wyt ti'n siŵr nad oes 'na broblem. Mi welais i lyfr diddorol mewn siop lyfrau yn Llundain. Tybed ydy o yn llyfrgell y ficer?'

'Beth oedd o?' Roedd Megan yn falch o glywed bod gan Danny ddiddordeb mewn llyfrau.

'*Tours of Wales* gan Thomas Pennant. Mi ysgrifennodd o'r llyfr ar ddiwedd y ganrif ddiwethaf a disgrifio dringo'r Wyddfa. Dwi eisiau dringo'r Wyddfa rhyw ddydd.'

'Mi chwilia' i amdano fo, Danny.'

Y noson honno, aeth Danny allan i ymarfer dringo, ond doedd y bryniau yn yr ardal ddim yn debyg i'r Wyddfa o gwbl. Roedden nhw'n rhy fach.

Ysgrifennodd Danny lythyr at Megan i ddweud

ei fod o'n fyw ac ar ei ffordd yn ôl i'r fferm – ar gyfer llygaid y ficer a phobl eraill, wrth gwrs. Yn anffodus, roedd rhaid i'r llythyr aros tan i Myfanwy neu Megan fynd i Abergele i'w bostio. Byddai'n edrych yn rhyfedd iawn i Megan roi llythyr efo'i chyfeiriad ei hun ar yr amlen i'r postmon lleol.

Pan aeth y ficer i ymweld â'i frawd yn yr Wyddgrug, daeth Danny o hyd i *Tours of Wales* yn y llyfrgell. Roedd Pennant wedi gweld y wawr o gopa'r Wyddfa. Roedd o'n sôn am fwthyn oedd yn agos i'r copa ond roedd y llyfr yn fwy nag ugain mlwydd oed ac roedd Danny'n poeni efallai na fyddai'r bwthyn yno erbyn hyn. Penderfynodd Danny wneud mwy o ymarfer dringo ar y bryniau lleol.

Un noson yn y gwynt a'r glaw, syrthiodd Danny oddi ar graig a throi ei ffêr. Rywsut, cyrhaeddodd y ficerdy ac roedd Megan yn flin wrth iddi roi bandais tyn am ei ffêr.

'Wyt ti'n hollol dwp, Danny? Wyt ti eisiau dod allan o'r seler neu beidio? Fyddi di ddim yn medru cerdded ar y ffêr yma o leia pythefnos. Does dim pwynt postio'r llythyr rŵan, ac mi fyddi di'n colli pen-blwydd Bryn.'

Geiriau newydd

amlen – *envelope*
awgrymiadau – *suggestions*
cadno – *fox*
cadwyn – *chain*
cael gwared ar – *to get rid of*
canrif – *century*
copa – *summit*
cweir – *thrashing*
chwarddodd – *he laughed*
ffedog – *apron*
ffêr – *ankle*
gweddw – *widow*
nai – *nephew*
tyn – *tight*

Pennod 3

Bythefnos wedyn, dechreuodd Danny gerdded o gwmpas y seler fawr pan nad oedd neb o gwmpas. Roedd o wedi diflasu ac yn awyddus i fynd allan i'r awyr iach. Heb ddweud wrth Megan, roedd o wedi bod o gwmpas yr ardd y noson cynt. Roedd o'n disgwyl gweld Megan y bore yma. Fel arfer roedd hi'n golchi dillad ar fore Llun pan oedd y ficer allan yn ymweld â phobl sâl y plwyf. Roedd hi'n debyg i law heddiw ac felly byddai Megan yn hongian y dillad yn y seler fawr. Eisteddodd Danny yn ei seler win efo'r drws ar agor i aros am ei wraig.

Yng nghegin y ficerdy roedd Megan wedi gorffen golchi ac roedd hi'n paratoi'r fasged fawr i fynd â hi i'r seler pan gurodd rhywun ar y drws. Doedd hi ddim yn disgwyl neb a chafodd sioc pan welodd Albert Griffiths wrth y drws.

'Beth 'dach chi eisiau Albert Griffiths?' gofynnodd Megan yn swta. 'Dydyn ni ddim yn cael cig ar ddydd Llun.'

'O Megan fach,' gwenodd Albert, 'ro'n i'n disgwyl gweld dy fam. Mae'r fan wedi torri a dwi eisiau defnyddio'r ffôn.'

''Dach chi'n gwybod yn iawn nad oes ffôn yn y ficerdy. Ewch o'ma!' Ceisiodd Megan gau'r drws ond roedd troed Albert yn y drws yn barod.

'Dwi'n gweld dy fod ti'n golchi dillad. Ydy hi'n amser te deg? Beth am baned? Dwi'n siŵr dy fod ti'n unig heb ddyn o gwmpas.'

Estynnodd Megan am glwt o'r fasged ddillad a'i daflu at Albert. 'Ewch o'ma'r mochyn budr!' gwaeddodd. Fel roedd y clwt gwlyb yn taro wyneb Albert, ciciodd Megan ei goes a neidiodd Albert yn ôl mewn sioc. Caeodd Megan y drws ar ei ôl efo clep a mynd at y ffenest. Roedd hi'n crynu, yn hanner dig, hanner ofnus, wrth iddi wylio Albert yn cerdded i fyny'r llwybr tuag at y ffordd. Gwnaeth baned o de a cheisio peidio â chrynu. Roedd Albert yn codi croen gŵydd arni. Sut roedd o'n gwybod ei bod hi ar ei phen ei hun? Aeth at y ffenest eto i wneud yn siŵr ei fod o wedi mynd, a chododd y fasged ddillad. Byddai'n mynd i weld Danny ar ôl hongian y dillad yn y seler.

Roedd Megan yn gosod polyn o dan y lein ddillad pan glywodd sŵn tu ôl iddi. Trodd yn gyflym a gweld Albert yn cerdded o ddrws cefn y seler tuag ati. Pwyntiodd y polyn ato.

'Beth 'dach chi'n wneud yma? Mi ddwedais i wrthoch chi fynd.'

'Ond Megan fach, dwi ddim yn hoffi gweld merch mor brydferth heb ddyn. Dwi'n siŵr medra' i fod o help mawr i weddw unig.'

'Peidiwch â dod yn agos ata' i Albert Griffiths,' hisiodd Megan. 'Mi wna' i eich taro chi efo'r polyn 'ma.'

Gafaelodd Albert yn y polyn a'i dynnu oddi wrth

Megan. Taflodd y polyn ar y llawr a cheisio cael gafael ym Megan. Roedd o'n ceisio ei chusanu a thynnu ei blows. Sgrechiodd Megan, 'Danny!'

Chwarddodd Albert yn gas. 'Does dim pwynt i ti weiddi am Danny, Megan, mae o wedi marw cofia!'

Ond roedd Danny wedi clywed y polyn dillad yn taro llawr y seler ac roedd o ar ei ffordd i'r seler fawr pan glywodd Megan yn sgrechian. Gafaelodd Danny yng ngholer Albert a'i dynnu oddi ar Megan. Taflodd Danny Albert i'r llawr. Gafaelodd Megan mewn rhaw o'r domen lo. Aeth Albert yn welw pan welodd Danny. Safodd ar ei draed a syllu arno yn syn. Rhuthrodd Danny at Albert a'i daro ar ei ên. Ar yr un pryd, daeth Megan y tu cefn i Albert a'i daro ar ei ben efo'r rhaw. Syrthiodd Albert yn ôl a tharo ei ben ar droed y boeler. Gorweddodd yno'n llonydd. Rhuthrodd Megan i freichiau Danny.

'Wyt ti'n iawn Megan annwyl?'

Roedd Megan yn crynu. 'Ydw, dwi'n meddwl.' Gafaelodd Danny ym Megan a cheisio ei chysuro. Dwedodd wrth Danny beth oedd wedi digwydd yn y gegin.

'Bastad!' meddai Danny. Trodd y ddau i edrych ar Albert. Roedd pwll o waed dan ei ben ar y llawr.

'Beth wnawn ni efo fo?' gofynnodd Megan.

'Ei roi o yn y fan a'i adael o.' Aeth Danny at Albert. Roedd o'n llonydd iawn.

'Ydy o'n iawn?' gofynnodd Megan yn nerfus.

Chwiliodd Danny am guriad ar wddf Albert. Safodd ar ei draed a syllu ar Megan. 'Dwi'n meddwl ei fod o wedi marw,' meddai'n araf. 'Ceisia di ddod o hyd i guriad, Megs.'

'Na!' sgrechiodd Megan. 'Dwi ddim eisiau ei

gyffwrdd o. Beth am ei arddwrn?'

'Teimlodd Danny law Albert. 'Dim byd.'

'Ei galon?'

Rhoddodd Danny ei law dan siaced Albert. 'Dim byd.'

Edrychodd Megan ar Danny mewn dychryn. 'Danny! Rydan ni wedi ei ladd o!'

Geiriau newydd

amser te deg – *morning tea time*
arddwrn – *wrist*
clep – *bang*
clwt – *cloth*
codi croen gŵydd – *to make flesh creep (idiom)*
crynu – *to shake*
curiad – *pulse*
cyffwrdd – *to touch*
cysuro – *to comfort*
dig – *angry*
dychryn – *horror*
gafael – *to grab/to hold*
gên – *jaw*
gwddf – *neck*
llonydd – *still*
plwyf – *parish*
rhaw – *spade*
swta – *curt, abrupt*
syllu – *to stare*
tebyg i law – *likely to rain (idiom)*
wedi diflasu – *to be bored*

Pennod 4

'Mae'n debyg mai taro ei ben ar y boeler wnaeth ei ladd o, Megs.'

'Beth wnawn ni, Danny? Mi ddylen ni alw'r heddlu.' Roedd Megan yn crynu fel deilen.

'Na! Meddylia am y peth. Beth ddwedi di wrthyn nhw? Daeth dy ŵr marw adref a dod o hyd i Albert yn ymosod arnat ti. Mi wnaeth o ei daro fo, yna mi wnest ti ei daro efo rhaw. Mi fydd hi'n hawdd i'r heddlu wneud i'r peth swnio fel llofruddiaeth. Wyt ti eisiau cael dy grogi am ladd Albert Griffiths? Dwi ddim.'

Dechreuodd Megan grio. Rhoddodd Danny ei freichiau amdani. 'Paid â chrio, Megan fach, mae'n rhaid i ni gadw ein pennau. Oes rhywun yn gwybod ei fod o yma?'

'Wn i ddim. Mae'n debyg ei fod o wedi gwneud yn siŵr nad oedd neb o gwmpas.'

'Reit. Lle mae ei fan o?'

'Ar y ffordd ddwedodd o.'

'Iawn. Dos di yno, Megan, a thyrd yn ôl i ddweud wrtha' i lle yn union mae'r fan. Efallai ei fod o wedi'i chuddio hi. Mi symuda' i'r corff a chael gwared ar y gwaed.'

'Ond Danny . . . '

'Gwna fel dwi'n dweud wrthot ti, Megs, dyna hogan dda. Dos o'ma rŵan. Dos!'

Rhuthrodd Megan i fyny grisiau'r seler. Roedd Danny'n gobeithio na fyddai neb yn ei gweld. Roedd hi'n welw fel ysbryd.

Ceisiodd Danny godi Albert ond roedd o'n drwm. Aeth i ddrws cefn y seler i nôl sachau tatws a berfa Elias y garddwr. Rhoddodd y corff ar wely o sachau yn y ferfa a'i symud i'r seler ddodrefn. Rywsut, tynnodd Danny'r corff o'r ferfa a'i roi ar un o hen seddau'r eglwys. Roedd Albert yn edrych yn hyllach yn farw nag yn fyw. Daeth Danny o hyd i hen gist dun o gefn y seler ddodrefn a rhoddodd gorff Albert ynddi. Doedd o ddim eisiau i Megan weld y corff eto. Aeth â'r ferfa yn ôl i ddrws cefn y seler.

Yn y seler fawr, edrychodd Danny ar y gwaed yn ymyl y boeler. Yn ffodus, doedd Albert ddim wedi gwaedu llawer, ond byddai angen brwsh sgwrio arno. Byddai Megan yn gwneud yn siŵr na fyddai neb yn dod i'r ficerdy. Sleifiodd i fyny'r grisiau i'r gegin. Roedd brwsh sgwrio ar ben y boeler dillad. Sgwriodd Danny'r llawr yn lân a gwasgaru glo drosto. Gorffennodd roi'r dillad ar y lein a brwsiodd farciau'r ferfa oddi ar y llawr. Pan ddaeth Megan yn ôl, doedd y seler ddim yn edrych yn wahanol i fel roedd hi bob bore dydd Llun arall. Roedd Megan yn nerfus. Roedd hi wedi cyfarfod Betsan y forwyn oedd ar ei ffordd i lanhau'r ficerdy.

'Roedd yn rhaid imi ei gyrru hi'n ôl i'r fferm ond mi fydd hi i lawr cyn bo hir.'

'Lle mae'r fan?'

'Roedd Albert wedi cuddio'r fan ganllath i lawr y ffordd yn y goedwig.'

'Welodd Betsan y fan?'

'Naddo. Fyddai hi ddim yn medru ei gweld hi o'r llwybr rhwng y fferm a'r ficerdy.'

'Reit, wel gobeithio bod Albert yn dweud celwydd pan ddwedodd ei bod hi wedi torri. Dwi'n mynd i gael gwared ar y fan.'

'Cymer ofal Danny. Beth fydd yn digwydd os gwelith rhywun ti?'

'Wn i ddim. Beth bynnag, mae Albert yn y seler ddodrefn, felly gwell iti beidio â mynd yno. Paid â dod yn ôl i lawr heddiw . . . a Megan, paid â dweud dim byd wrth Myfanwy am beth ddigwyddodd yma. Ceisia fod mor normal â phosib.'

'Ond beth wnei di efo Albert?'

'Mi wna' i boeni am hynny'n nes ymlaen.' Cusanodd Megan.

'Mi a' i efo chdi i wneud yn siŵr nad oes neb o gwmpas.'

'Iawn, ac wedyn dos i'r fferm i nôl Betsan.'

Aeth y ddau drwy ddrws yr ardd ac arhosodd Danny i Megan roi arwydd o gornel y tŷ. Sylwodd fod Elias wedi palu darn o'r ardd lysiau. Efallai medrai Danny gladdu Albert yno.

Roedd Albert wedi gadael y ddolen gychwyn a bar o siocled *Five Boys* dan ei het cigydd ar sedd ffrynt y fan. Aeth Megan i'r fferm a gyrrodd Danny i ffwrdd gan wisgo het wellt Albert ar ei ben. Gwelodd Danny ddau ddyn yn y caeau ar y ffordd a chododd un ohonyn nhw ei law arno. Cododd Danny ei law yn ôl. Gwelodd arwydd yn dweud

'Dinbych' a throdd i'r dde. Roedd yn rhaid iddo gael gwared ar y fan cyn iddo gyrraedd Dinbych. Gyrrodd y fan i mewn i goedwig fach ar y chwith, taro'r fan yn erbyn coeden, diffodd yr injan a mynd allan. Ar ôl glanhau'r llyw a dolen y drws efo'i gôt, cododd y *Five Boys* – fyddai Albert ddim eisiau siocled rŵan, a cherddodd i ffwrdd.

Cododd gwynt cryf gan chwythu dail yr hydref i bobman. Doedd dim llawer o ffermwyr allan yn y caeau ond roedd yn rhaid i Danny guddio ddwywaith ar ei ffordd yn ôl i'r ficerdy. Roedd ei ffêr yn brifo'n ofnadwy ac roedd cerdded y tair milltir olaf yn waith caled. Pan ddaeth Megan â phryd o fwyd iddo am saith o'r gloch, roedd hi'n edrych yn sâl.

'Mae'n rhaid i ti gadw dy ben, Megan fach, neu bydd rhywun yn siŵr o ddechrau amau rhywbeth.'

'Mae Mam wedi gofyn yn barod os dwi'n disgwyl babi eto!' Ceisiodd Megan chwerthin.

'Dwyt ti ddim – wyt ti?' holodd Danny'n syn.

'Nac ydw! Gweddw barchus ydw i!'

'Rhyw ddydd Megs . . . ' Rhoddodd Danny ei fraich o'i chwmpas.

Ar ôl i Megan adael, cerddodd Danny'n gloff i'r ardd dywyll. Ar lawr cyntaf y ficerdy roedd y golau yn gwenu drwy ffenest y llyfrgell. Yn ddistaw, gwthiodd Danny y ferfa i'r seler ddodrefn. Agorodd y gist. Roedd corff Albert yn stiff fel procer. Byddai'n gorfod ei gladdu yn y gist. Efo trafferth mawr, rhoddodd Danny y gist yn y ferfa ac aeth yn ôl i'w seler win i aros. Am un ar ddeg aeth allan eto. Fel arfer byddai'r ficer yn ei wely erbyn hyn. Roedd golau'r llyfrgell wedi diffodd. Dechreuodd Danny balu yng ngolau'r lleuad. Roedd hi'n rhewi'n gynnar y noson honno, ac roedd y ddaear mor galed â chraig.

Cymerodd Danny dair awr i agor bedd i Albert. Doedd y twll ddim yn ddigon dwfn, ond roedd ffêr Danny'n brifo cymaint fel na fedrai ond palu efo'i droed chwith. Gwthiodd y ferfa i ochr y bedd a thaflu Albert drosodd i mewn i'r twll. Dim ond troedfedd oedd rhwng y ddaear a thop y gist, ond byddai'n rhaid i hynny wneud y tro. Yna, gwasgarodd Danny ddail marw dros fedd Albert i wneud iddo edrych fel gweddill yr ardd. Doedd dim olion traed beth bynnag. Roedd y ddaear yn rhy galed.

Roedd Danny wedi blino'n lân ac roedd ei ffêr mor fawr â phêl droed. Yn ei wely breuddwydiodd fod Albert yn baglu dros gyrff cannoedd o filwyr marw ar gaeau Fflandrys. Roedd Danny wedi lladd y milwyr i gyd ond er iddo saethu Albert eto ac eto, gwrthododd Albert farw. 'Mi arhosa' i efo chi am byth,' meddai ysbryd Albert.

Geiriau newydd

amau – *to suspect*
arwydd – *sign*
baglu – *to stumble*
berfa – *wheelbarrow*
cist – *chest (of furniture)*
claddu – *to bury*
cloff – *lame*
crogi – *to hang*
chwythu – *to blow*
deilen/dail – *leaf/leaves*
diffodd – *to put out/switch off*
dwfn – *deep*
gwasgaru – *to scatter*
gwellt – *straw*
gwneud y tro – *to make do*
hyllach – *uglier*
llofruddiaeth – *murder*
llyw – *steering wheel*
morwyn – *maid*
olion traed – *footprints*
palu – *to dig*
parchus – *respectable*
rhewi – *to freeze*
saethu – *to shoot*
ymosod – *to attack*
ysbryd – *ghost*

Pennod 5

Brynhawn dydd Mawrth aeth Elen Griffiths, gwraig Albert, i orsaf yr heddlu yn y Rhyl i ddweud bod Albert wedi diflannu.

''Dach chi wedi cysylltu â gweddill y teulu, ei fam, ei ffrindiau, yr hogiau yn y siop?' gofynnodd Sarjant Watson. Doedd o ddim yn hoffi pobl oedd ar goll. Roedden nhw'n creu gormod o waith papur. Dwedodd Elen ei bod wedi gofyn i bawb.

'Mae o'n ymweld â'i fam bob nos Sul ac fel arfer does dim llawer o fusnes fore dydd Llun, felly mae o'n tacluso'r siop ac yn paratoi i brynu cig ac ati . . .'

'Pwy oedd yr olaf i'w weld o?' Torrodd Sarjant Watson ar ei thraws. Roedd Elen yn un siaradus iawn. Doedd y sarjant ddim eisiau clywed stori bywyd Albert. Roedd gan Albert enw drwg efo'r merched. Fwy na thebyg, roedd o wedi rhedeg i ffwrdd efo un ohonyn nhw a byddai'n dod yn ôl mewn diwrnod neu ddau.

'Geraint yn y siop. Fore dydd Llun dwedodd Albert wrth Geraint ei fod o'n gorfod nôl parsel o orsaf Abergele. Dwi ddim yn gwybod beth oedd yn y parsel. Soniodd o ddim byd amdano fo wrtha' i.'

'Ydy o wedi aros i ffwrdd dros nos o'r blaen, Mrs Griffiths?'

Cochodd Elen. 'Naddo,' atebodd yn gyflym. Roedd hi'n amlwg ei bod hi'n dweud celwydd. Roedd Sarjant Watson yn flin. Roedd Elen Griffiths yn ceisio ei ddefnyddio fo i ddysgu gwers i'w gŵr crwydrol.

'Wel, Mrs Griffiths, mae 'na lawer o waith papur pan mae pobl yn mynd ar goll os 'dach chi eisiau gwneud y mater yn un swyddogol. Beth am aros am ddiwrnod neu ddau? Dwi'n siŵr bydd Albert yn cysylltu â chi, ac yn y cyfamser, mi wna' i ymholiadau anffurfiol yn y dref.'

Roedd Elen yn edrych fel tasai hi'n mynd i grio.

'Oes gynnoch chi ffôn, Mrs Griffiths?'

'Wrth gwrs.' Roedd Elen ac Albert yn hoffi cael pethau modern.

'Reit, gadewch eich rhif ffôn efo fi ac mi wna' i eich ffônio chi os bydd gen i newyddion.'

Ar ôl i Elen adael, ffôniodd Sarjant Watson orsaf Abergele. Roedd Albert wedi galw yn yr orsaf ond doedd dim parsel yno. Dwedodd wrth y clerc ei fod yn mynd i Ddinbych i chwilio am y parsel.

'A dweud y gwir, roeddwn i'n meddwl ei fod o'n siarad lol,' meddai'r clerc. 'Roedd o'n chwilio am esgus i redeg o gwmpas yr ardal, yn fy marn i. Os oedd o'n disgwyl parsel byddai'r parsel wedi mynd i'r Rhyl.'

Pan ddaeth PC Evans ar ddyletswydd aeth Sarjant Watson i'r becws. Roedd Albert yn caru ar y slei efo Nansi yn y becws, fel roedd y sarjant a llawer o bobl eraill yn gwybod. Roedd Nansi wrth ei gwaith a chyfaddefodd ei bod wedi gweld Albert nos Sadwrn. Doedd hi ddim yn poeni am Albert o gwbl.

'Mi ddaw o'n ôl fel ceiniog ddrwg,' meddai, gan chwerthin.

Aeth y sarjant o gwmpas teulu Albert ond doedd neb wedi ei weld o ers dydd Sul.

Brynhawn dydd Mercher cafodd Sarjant Watson alwad ffôn o orsaf yr heddlu yn Ninbych. Roedd ffermwr wedi dod o hyd i fan Albert mewn coedwig ar ei dir, ond doedd dim golwg o Albert. Aeth Sarjant Watson i gyfarfod â'r sarjant o Ddinbych ar safle'r ddamwain. Edrychodd y ddau ar fap o'r ardal a chytuno bod Albert, fwy na thebyg, wedi cymryd y ffordd gefn rhwng Abergele a Dinbych. Roedd y rhan fwyaf o'r ffordd yn ardal Sarjant Watson.

Ddydd Iau, ymwelodd y plismon â phob tŷ ar y ffordd ar gefn ei feic. Roedd dau o bobl wedi gweld fan Albert o fewn tair milltir i Abergele ac roedd un dyn arall wedi gweld y fan yn ymyl y ffordd wrth y goedwig, ond wedyn roedd y fan ac Albert wedi diflannu. Roedd y dyn yn siŵr mai Albert oedd o – roedd o'n gwisgo ei het wellt. Galwodd y sarjant heibio i fferm Cefn Carreg a ficerdy Sant Elidir ond doedd Myfanwy Jones na Megan Evans ddim wedi gweld Albert na'i fan.

Ddydd Gwener, siaradodd Sarjant Watson â Robert Wyn Jones, ffrind mawr i Albert. Roedd Robert Wyn Jones yn protestio gormod, meddyliodd y sarjant. Roedd o'n fwy blin na phoenus – roedd o wedi gorfod cadw llygad ar siop Albert ers dydd Mercher. Ar ôl mynd adref, dwedodd Sarjant Watson wrth Mrs Watson nad oedd o'n hoffi Robert Wyn Jones. Roedd rhywbeth amheus amdano, ond roedd Robert wedi bod yn ei siop drwy ddydd Llun.

Doedd neb wedi gweld Albert yng ngorsaf Dinbych. Doedd Albert ddim wedi mynd â dillad sbâr o'i gartref nac wedi mynd â phres o'i siop na'r banc. Roedd Albert wedi diflannu'n llwyr.

Geiriau newydd

anffurfiol – *informal*
crwydrol – *wandering*
cyfaddef – *to admit*
cyfamser – *meanwhile*
diflannu – *to disappear*
dyletswydd – *duty*
mwy na thebyg – *more than likely*
nôl – *to fetch*
tacluso – *to tidy*
yn llwyr – *completely*
ymholiadau – *enquiries*

Pennod 6

Rhoddodd y garddwr wrtaith ar yr ardd lysiau. Byddai'r rhew yn torri'r pridd i lawr a byddai'n barod ar gyfer plannu yn y gwanwyn, meddai wrth Megan dros baned yn y gegin.

Doedd Danny ddim eisiau ymddangos yn yr ardal efo ysbryd Albert tu ôl iddo a chytunodd Megan. Doedd 'na ddim rheswm i unrhyw un gysylltu Danny ac Albert ond ym meddyliau Danny a Megan roedd 'na arwydd ar gefn Danny oedd yn dweud 'Lladdais i Albert'. Dylai Danny fod wedi claddu Albert yn rhywle arall. Roedd y corff yn rhy agos i'r wyneb i Danny deimlo'n gysurus.

Doedd Robert Wyn Jones ddim yn teimlo'n gysurus chwaith. Roedd o wedi cytuno i redeg siop Albert ar ran Elen yn ystod yr wythnosau ar ôl i Albert ddiflannu. Gwrthododd Elen dderbyn nad oedd Albert yn mynd i ddod yn ôl. Roedd Robert yn rheoli siop y cigydd ac yn cadw'r cyfrifon, ond doedd o ddim yn hoffi bod yn gigydd. Dros y Nadolig roedd o'n rhy brysur yn ei siop ei hun i dalu sylw i siop Albert ac roedd staff Albert wedi gwneud llawer o gamgymeriadau. Dechreuodd y cwsmeriaid fynd at gigyddion eraill. Yn y flwyddyn newydd awgrymodd Robert y dylai o ymestyn ei siop groser ei hun yn lle cadw siop y cigydd, ond gwrthododd Elen.

'Mae'n rhaid ichi gael rheolwr, Elen,' meddai Robert. 'Dwi eisiau eich helpu chi ond fedra' i ddim dal ati ddim mwy. A dewch â rhywun arall i mewn i gadw'r cyfrifon.' Roedd o'n gwybod na fedrai Elen fforddio rheolwr na rhywun i gadw'r cyfrifon. Aeth Robert at gyfreithiwr Elen i ddweud ei fod o'n fodlon cymryd siop Albert pan fyddai Elen yn barod i roi'r gorau iddi. 'Dwi'n siŵr fod Albert wedi marw,' meddai Robert wrth Michael Williams y cyfreithiwr.

'Mae'n debyg ei fod o,' meddai Michael, 'ond heb gorff mae hi'n amhosib dweud yn bendant – dyna'r gyfraith. Bydd hi'n cymryd blynyddoedd cyn bod y gyfraith yn barod i ddweud ei fod o wedi marw.'

Bob dydd Sul byddai Robert yn cwyno wrth Myfanwy a Megan am y peth. Roedd Megan yn barod i sgrechian arno, 'Mae'r corff yn yr ardd – ewch i'w nôl o!'

Roedd Albert ar feddyliau Megan a Danny drwy'r amser. 'Beth fedrwn ni ei wneud Danny? Fedrwn ni ddim cuddio rhag Albert am byth. 'Dan ni eisiau dal ati efo ein bywydau ni.'

'A dweud y gwir, Megs, dwi ddim yn hoffi cael Albert mor agos aton ni. Does gen i ddim diddordeb mewn helpu Robert ond byddwn i'n hoffi cael gwared ar Albert.'

Daeth yr argyfwng ar ddechrau mis Mawrth. Dechreuodd Elias siarad am blannu tatws.

'Mae hi'n ddwy flynedd ers i'r ardd gael ei

phalu'n iawn. Dwi'n bwriadu troi'r pridd, tua dyfnder dwy raw, a rhoi mwy o wrtaith iddi. Dyna beth sydd arni ei eisiau. Mi wna' i ddechrau ddydd Llun.'

'Syniad da, Elias,' meddai Megan. Ond roedd hi'n poeni. Doedd hi ddim yn siŵr lle roedd Albert.

Pan ddwedodd Megan wrth Danny beth roedd Elias yn bwriadu ei wneud, dychrynodd Danny.

'Dyfnder dwy raw! Mi fydd o'n dod o hyd i Albert!'

Gwnaeth Danny a Megan gynlluniau ar unwaith. Byddai hi'n cymryd oriau i godi Albert, felly byddai Danny'n codi'r corff rhyw noson, a'i roi yn y seler ddodrefn. Y noson wedyn byddai Megan yn dod â chert a cheffyl yno a byddai'r ddau yn mynd ag Albert i'r goedwig lle roedd Danny wedi gadael y fan.

Roedd codi'r corff yn waith digon caled ond roedd Danny'n gwybod bod 'na bethau gwaeth i ddod. Byddai corff Albert wedi pydru erbyn hyn. Oedd 'na farciau ar y gist i ddweud o ble daeth hi? Fedrai Danny ddim cofio. Roedd y wawr ar dorri pan orffennodd Danny ei waith arswydus. Medrai ogleuo'r corff pydredig drwy'r gist. Ceisiodd adael yr ardd fel roedd hi'n wreiddiol ac aeth â'r ferfa i'r seler ddodrefn. Dan olau'r lamp edrychodd Danny ar y gist. Ar yr ochr, mewn llythrennau pŵl, roedd y geiriau 'H.M. Rees-Davies, Shrewsbury School'.

Geiriau newydd

argyfwng – *crisis/emergency*
arswydus – *grisly*
cyfraith – *law*
cyfrifon – *accounts*
cynlluniau – *plans*
cysurus – *comfortable*
derbyn – *to receive*
dyfnder – *depth*
gwrtaith – *manure*
pridd – *soil*
pŵl – *dull/faded*
pydru – *to putrify*
talu sylw – *to pay attention*
ymestyn – *to extend*

Pennod 7

Roedd y gist wedi rhydu dan y ddaear. Oedd cynrhon wedi mynd i mewn iddi? Roedd Danny wedi gweld cyrff yn llawn cynrhon o'r blaen, ar gaeau Fflandrys. Doedd o ddim eisiau gweld un arall. Aeth i'w seler ei hun i dynnu ei ddillad. Gorweddodd ar ei wely ond fedrai o ddim cysgu. Mewn awr, daeth Megan i lawr efo'i frecwast.

'Rwyt ti wedi gwneud gwaith da ar yr ardd, Danny. Ydy popeth yn iawn? Lle mae o?'

'Mae o yn y seler ddodrefn, ond paid â mynd yno, Megs, mae'r gist yn drewi.'

Crynodd Megan. 'Dwi ddim eisiau ei weld o, diolch yn fawr.'

Roedd Danny eisiau bwyd ac aeth ati i fwyta'n harti. 'Ydy popeth yn iawn at heno?' gofynnodd.

'Ydy, dwi'n meddwl. Dwedais wrth Mam fy mod i'n ymweld â hen ffrind ysgol ym Modelwyddan. Mae'n rhy bell i gerdded. Does dim problem. Faint o'r gloch wyt ti eisiau mynd? Fedra' i ddim cychwyn yn rhy hwyr, neu mi fydd yn edrych yn rhyfedd.'

'Mae hi'n tywyllu erbyn saith o'r gloch, ond mae'n rhaid i mi roi'r gist yn y gert. Ydy'r ficer o gwmpas heno?'

'Mae cyfarfod o'r cyngor plwyf eglwysig yn cael ei gynnal am hanner awr wedi chwech, yn yr ystafell fwyta.'

Griddfanodd Danny. Roedd ffenest yr ystafell fwyta yn wynebu'r llwybr o'r seler i'r ffordd.

'Felly, does dim posib dod â'r gert at ddrws y seler. Gwna di'n siŵr fod y llenni ar gau ac mi ddo' i â'r gist at y ffordd mewn berfa.'

'Iawn.' Cusanodd Megan Danny. 'Ceisia gysgu, Danny annwyl. Mi geisia' i ddod â phaned a brechdan i ti y pnawn 'ma.'

'Diolch Megs fach.' Doedd Danny ddim eisiau sôn wrth Megan am y broblem efo enw'r ficer ar y gist. Byddai'n rhaid iddo dynnu'r corff allan o'r gist rywbryd.

Am saith o'r gloch, aeth Megan at ddrws cefn y seler i ddweud bod y llwybr yn glir. Roedd pawb wedi cyrraedd i'r cyfarfod. Yn araf aeth Danny â'r ferfa i fyny'r llwybr. Daeth Megan â rhaw i agor bedd newydd Albert. Cuddiodd y ferfa y tu ôl i'r rhododendron. Roedd yn rhaid i Danny orwedd dan flanced efo'r gist yn y gert. Roedd Megan yn mynd i weld ei ffrind ar ei phen ei hun ac yn wir, clywodd Danny Megan yn galw 'noswaith dda' ar rywun ddwywaith ar y ffordd. Ar ôl ychydig o filltiroedd, stopiodd Megan y gert. Cododd Danny.

'Be sy'n bod?'

'Dwi ddim yn gwybod lle 'dan ni'n mynd!' meddai. Roedd ofn arni, ac yn y tywyllwch, doedd Danny ddim yn siŵr chwaith. Cymerodd Danny'r awenau.

'Dwi'n meddwl bod 'na fwthyn bach ar y dde cyn

cyrraedd y llwybr i'r goedwig.' Roedd hi'n noson gymylog a fedren nhw weld dim ond siapiau'r gwrychoedd a choed heb ddail. Aethon nhw ymlaen yn araf. Yn sydyn gwelodd Danny'r bwthyn ac mewn ychydig funudau medrai weld siâp y goedwig. Trodd i'r lôn gul. Tynnodd y gist a sachau o'r ferfa.

'Arhosa yn y gert, Megs, mae'n rhaid imi dynnu'r corff allan o'r gist. Mi fydd o'n fusnes cas.'

'Ond pam, Danny? Mi fydd o'n drewi.' Esboniodd Danny wrth Megan am yr enw ar y gist. Doedd o ddim am iddi hi adael olion traed chwaith. Dim ond un pâr ddylai fod yno. Profodd y ddaear gan chwilio am rywle hawdd i balu. Roedd y ddaear yn llawn o wreiddiau coed. Cymerodd awr a hanner i balu bedd bas. Byddai'n rhaid iddo wneud y tro. Roedd y cymylau wedi clirio ac roedd hi'n dechrau rhewi. Agorodd Danny'r gist a thrawodd yr oglau ei wyneb ar unwaith. Trodd i ffwrdd. Roedd o'n mynd i gyfogi. Anadlodd yn ddwfn. Doedd 'na ddim dianc rhag yr oglau.

Roedd arno eisiau gadael y lle mor gyflym â phosib. Trodd yn ôl at y gist a throi'r corff pydredig i mewn i'r bedd. Roedd digon o olion dillad Albert ar ôl i ddweud pwy oedd o. Taflodd sachau dros y corff a llanwodd y bedd. Rhoddodd y gist a'r rhaw yng nghefn y gert. Roedd Megan yn crynu gan oerfel. Cymerodd Danny'r awenau eto. 'Tyrd, yr hen hogan,' meddai wrth y ceffyl. 'Awn ni adref.'

Geiriau newydd

awenau – *reins*
bas – *shallow*
cul – *narrow*
cyfogi – *to vomit*
cynrhon – *maggots*
drewi – *to stink*
griddfan – *to groan*
gwreiddiau – *roots*
gwrych/gwrychoedd – *hedge(s)*
olion – *remains*
profi – *to test*
rhydu – *to rust*

Pennod 8

Ddau ddiwrnod wedyn, cafodd Sarjant Watson alwad ffôn gan y sarjant o Ddinbych. Roedd y ffermwr a ddaeth o hyd i fan Albert wedi darganfod rhywbeth amheus yn yr un lle. 'Dewch â'ch cwnstabl efo chi, a dwy raw, Bob,' meddai'r sarjant o Ddinbych.

Roedd dau o'r tri chwnstabl ifanc wedi cyfogi ar ôl gweld corff Albert. Trodd stumog Sarjant Watson hefyd. Doedd dim llawer o Albert ar ôl ond medrai brawd Albert adnabod y corff.

Dechreuodd yr ymholiadau ynglŷn â'r llofruddiaeth. Roedd olion cert a cheffyl ar y lôn gul ac olion traed rhywun. Roedd gan bawb gert a cheffyl ond doedd neb yn medru cofio gweld cert a cheffyl ar y ffordd ar y nosweithiau cyn i'r corff gael ei ddarganfod. Roedd hi'n amlwg bod Albert wedi cael ei ladd fisoedd yn ôl. Roedd darnau o rwd ar ei ddillad, felly roedd rhywun wedi cadw'r corff mewn bocs tun. Roedd llawer o bobl yn fodlon helpu'r heddlu efo eu hymholiadau ond ni ddaeth dim o'r peth. Daeth un dyn i orsaf yr heddlu yn Ninbych i ddweud mai fo oedd y llofrudd, ond tipyn o dwpsyn oedd eisiau gweld ei lun yn y papur newydd oedd o.

Roedd Sarjant Watson yn dal i amau Robert Wyn Jones. Roedd o'n gwybod bod Robert â'i lygaid ar siop Albert, ond os oedd gan Robert rywbeth i'w wneud â'r llofruddiaeth mae'n rhaid fod rhywun wedi ei helpu, ond pwy? Roedd Robert yn wallgof pan glywodd fod y Sarjant yn ei amau, a chwynodd yn uchel wrth Elen, Myfanwy, Megan a Michael Williams. Dwedodd Michael wrth Sarjant Watson fod yn rhaid i'r heddlu gyflwyno tystiolaeth yn erbyn ei gleient, Mr Jones, neu beidio'i boeni drwy'r amser. Roedd ffeil y llofruddiaeth yn dal i fod yn agored ond heb ei datrys.

Cafodd Albert angladd fawr. Caeodd ei siop ddiwrnod yr angladd. Fyddai hi byth yn agor eto. Doedd merched ddim yn mynd i angladdau yn y capel felly brawd Albert a Robert Wyn Jones oedd yn arwain y galarwyr. Yn nhŷ Elen ar ôl yr angladd roedd 'na de – cig oer a llawer o frechdanau – ac roedd Michael Williams, ei chyfreithiwr cyfeillgar, yn gymorth mawr i'r weddw alarus.

Ychydig wythnosau wedyn, roedd dynion wedi dechrau gweithio y tu mewn i siop y cigydd. Cyrhaeddodd cownteri a silffoedd newydd ac ar ôl pythefnos cafodd arwydd newydd ei roi uwch ben y siop: *Robert Wyn Jones, High Class Grocer*. Doedd Myfanwy ddim yn hoffi'r newid. Hen arwydd Robert oedd: *Robert Wyn Jones, llefrith, menyn, wyau – yn ffres o'r fferm.*

'Mae o'n ceisio plesio'r Saeson,' meddai Myfanwy wrth Megan.

Prin oedd Myfanwy wedi clywed Robert yn siarad Saesneg, ond roedd Megan wedi ei glywed yn ceisio siarad Saesneg pan oedd hi'n nyrs yng Ngwersyll Parc Cinmel.

'Rhaid iddo fo ddysgu sut i siarad Saesneg yn iawn, 'ta,' meddai Megan yn llym.

Erbyn y Pasg roedd arwydd newydd yn ffenest hen siop Robert: *Shop to let. Apply next door*. Ymhen y mis, daeth Robert i'r fferm i ddweud ei fod o wedi gosod yr hen siop.

'I bwy?' gofynnodd Myfanwy a Megan gyda'i gilydd.

'I ddynes smart iawn o Lundain. Mae hi eisiau agor siop ddillad i ferched. *Very high class* wrth gwrs. Mi fydd siop fel yna yn codi tôn y stryd. Gweddw ryfel ydy hi – roedd ei gŵr yng Ngwersyll Parc Cinmel ar ddechrau'r rhyfel ac mae hi'n hoff o'r ardal.'

'Beth ydy ei henw hi?' gofynnodd ei wraig.

'Mrs Elsie Radcliffe-Hunt, efo *hyphen*.'

'Wyt ti wedi anghofio dy Gymraeg, Robert? Mae 'na air Cymraeg da iawn am *hyphen* – cysylltnod ydy o.'

'Mae'n rhaid inni symud efo'r amserau, Myfanwy. Mae hi dipyn bach yn hen ffasiwn i siarad Cymraeg yn y Rhyl y dyddiau hyn.' Rhoddodd Robert wên ffals iddi hi fel roedd o'n ei rhoi i'w gwsmeriaid. Wnaeth y wên ddim argraff ar Myfanwy.

Geiriau newydd

angladd – *funeral*
argraff – *impression*
datrys – *to solve*
galarus – *grieving*
galarwyr – *mourners*
gosod – *to let*
llym – *grim*
prin – *hardly*
rhwd – *rust*
rhyfel – *war*
twpsyn – *idiot*
tystiolaeth – *evidence*

Pennod 9

Penderfynodd Danny y dylai o aros lle roedd o am fis neu ddau. Roedd Megan yn cytuno. Doedden nhw ddim eisiau rhoi'r cyfle i Sarjant Watson gysylltu Danny â Robert, ac â marwolaeth Albert. Roedd Danny'n cynllunio i ddringo'r Wyddfa ond yn y cyfamser, roedd yn rhaid iddo gadw cyfrifon Myfanwy. Doedd Myfanwy ddim yn deall pam nad oedd Danny'n dod allan o'i guddfan, ond roedd yn rhaid iddi dderbyn mai mater rhwng Danny a Megan oedd hynny.

Un noson pan oedd Danny a Myfanwy'n trafod y cyfrifon, meddai Myfanwy, 'Dwi ddim yn deall sut mae Robert yn medru gosod yr hen siop. Elen biau'r siop. Ei rhentu hi oddi wrth Albert oedd Robert.'

'Efaillai ei fod o wedi prynu'r brydles – wn i ddim. Gofynnwch iddo fo.'

Gofynnodd Myfanwy i Robert y penwythnos wedyn. Synnodd pan ddwedodd Robert ei fod o wedi prynu'r hen siop a'r siop newydd oddi wrth Elen. Roedden nhw'n fargen, meddai.

'Faint wnest ti ei dalu, Robert, ac o ble daeth y pres?'

'Paid â phoeni, Myfanwy, mi wnes i lawer o bres yn y gwersyll. Dydw i ddim yn ddyn tlawd y dyddiau hyn.'

Ond roedd Myfanwy yn amheus. Oedd Robert wedi cymryd pres o'u cyfrif ar y cyd? Heb ddweud wrth Robert aeth Myfanwy i'r banc yn y Rhyl yr wythnos wedyn. Cafodd rheolwr y banc sioc o weld Myfanwy ar ei phen ei hun. Roedd o'n edrych yn nerfus ac ar unwaith cynigiodd anfon un o'r clercod i nôl Robert o'i siop.

'Does dim angen i chi wneud hynny,' meddai Myfanwy. 'Dwi eisiau gwybod faint sy' gynnon ni yn ein cyfrif ar y cyd.'

'Fedra' i ddim dweud wrthoch chi heb i'ch gŵr fod efo chi,' meddai'r rheolwr.

'Ond pam? Yn y gorffennol doedd fy ngŵr ddim yn gwybod lle roedd y banc hyd yn oed! Fi biau'r pres.' Roedd Myfanwy'n dechrau gwylltio a mynnodd weld y cyfrif.

Daeth popeth yn glir. Roedd Robert wedi tynnu cannoedd o bunnoedd allan o'r cyfrif. Doedd 'na ddim llawer ar ôl.

'Ydy Robert wedi agor cyfrif ei hun?'

'Fedra' i ddim trafod busnes fy nghwsmeriaid eraill efo chi Mrs Jones.'

'Fel 'dach chi'n gwybod yn iawn, fi biau'r rhan fwyaf o'r pres yn y cyfrif ar y cyd. Wnaethoch chi ddim meddwl trafod fy mhres fy hun efo fi?'

'Roeddwn i'n siŵr fod Mr Jones wedi cael eich caniatâd chi i ddefnyddio'r pres, Mrs Jones.'

'Wnaeth o ddweud hynny?'

'Do.'

Roedd Myfanwy'n teimlo fel ffrwydro, ond

cadwodd ei thymer.

'Wel, Mr Davies, mae'n amlwg felly fod un person yn medru cael pres o gyfrif ar y cyd. Mi gymera' i weddill y pres o'r cyfrif, os gwelwch yn dda.'

'Heb ganiatâd eich gŵr, Mrs Jones? Dwi ddim yn meddwl.'

'Dwi'n siŵr bydd o'n rhoi ei ganiâtad i chi pan ga' i afael arno fo, neu efallai byddai'n well gynnoch chi imi fynd i'ch prif swyddfa i gwyno am y peth?' Edrychodd Myfanwy arno'n oeraidd.

'Dwi ddim wedi gwneud dim byd o'i le,' meddai Mr Davies yn ofnus. Roedd o'n meddwl am gyfrifon eraill Myfanwy.

'Yn wir? Wel, rhowch siec imi ac mi anghofia' i am y peth.'

Ysgrifennodd Mr Davies siec. 'Dyna chi Mrs Jones.' Gwenodd yn wan.

Rhoddodd Myfanwy y siec yn ei bag. 'Diolch, Mr Davies.'

'Dyna'r cwbl, Mrs Jones?'

'Dwi ddim yn meddwl. Dwi ddim eisiau cadw pres efo rhywun na fedra' i ymddiried ynddo. Dwi eisiau cau fy nghyfrifon eraill rŵan.'

'Ond Mrs Jones, 'dach chi'n gwsmer pwysig iawn i'r banc.'

'Mi ddylech chi fod wedi meddwl am hynny cyn gadael i fy ngŵr ddwyn fy mhres, Mr Davies.'

Cymerodd Myfanwy y tair siec. Roedd banciau eraill yn y dref ac roedd y rheolwyr i gyd yn gwybod bod digon o bres gan Myfanwy Jones. Dewisodd Myfanwy fanc arall. Rywbryd, byddai Robert yn gorfod talu am beth wnaeth o, meddai Myfanwy wrth Danny a Megan. Roedd hi'n aros am ei chyfle.

Geiriau newydd

caniatâd – *permission*
cyfrif ar y cyd – *joint account*
cynnig – *to offer*
cysylltu – *to connect*
dewis – *to choose*
ffrwydro – *to explode*
gwylltio – *to go wild*
mynnu – *to insist*
prydles – *lease*
synnu – *to be shocked*
tlawd – *poor*
ymddiried – *to trust*

Pennod 10

Roedd Robert yn ceisio bod yn neis wrth Myfanwy dros y penwythnos. 'Roedd y siopau'n fuddsoddiad da,' meddai wrthi.

'I bwy?' gofynnodd Myfanwy. 'Does gen i ddim buddsoddiad.'

Erbyn diwedd y penwythnos roedd Robert wedi cytuno i roi'r hen siop yn enw Myfanwy. Syniad Danny oedd hynny. Byddai Robert yn ymweld â Michael Williams y cyfreithiwr yr wythnos wedyn.

'Mi fydd hynny'n cymryd amser,' meddai Robert.

'Wel yn y cyfamser, dwi'n disgwyl cael rhent bob wythnos,' meddai Myfanwy yn bendant. 'Pres parod!'

Roedd Danny'n paratoi i fynd i fyny'r Wyddfa. Yr wythnos ar ôl y Pasg cychwynnodd gerdded i Abergele cyn y wawr. Roedd o'n gwisgo pâr o esgidiau'r fyddin, siaced Norfolk a het *deerstalker* roedd o wedi eu dwyn o Blas Newydd. Roedd ganddo fag cynfas y ficer ar ei gefn efo brechdanau, fflachlamp a chopi o *Tours of Wales* ynddo. Cyrhaeddodd Abergele ac wrth edrych i mewn i ffenest siop, sylweddolodd ei fod o'n edrych fel dyn gwyllt o'r bryniau. Aeth i mewn i siop y barbwr. Roedd o wedi penderfynu bod yn dwrist Americanaidd. Llun y Brenin Siôr oedd ar wal siop y barbwr, a daeth Danny allan o'r siop yn edrych fel y Brenin – yr unig steil locsyn roedd y barbwr yn medru ei wneud.

Daliodd Danny'r trên drwy ddyffryn Conwy o Abergele i Fetws-y-coed. Roedd Danny wrth ei fodd efo'r afon Conwy oedd yn gwenu fel sidan llwyd yn haul y bore. Roedd cychod bach a stemars yn cario ymwelwyr i'r pentrefi tlws ar lan yr afon. Pan gyrhaeddodd Fetws-y-coed roedd Danny'n siomedig. Roedd Megan wedi dweud bod Betws yng nghanol Eryri ond roedd hi'n amlwg na fedrai unrhyw un ddechrau dringo'r Wyddfa o Fetws-y-coed. Fedrech chi ddim gweld yr Wyddfa o'r Betws hyd yn oed. Roedd llawer o bobl yn cerdded i fyny ac i lawr y stryd fawr. Gwelodd Danny dri dyn mewn dillad dringo a dilynodd nhw i weld beth fydden nhw'n ei wneud.

Aeth y tri i mewn i siop a phrynu rhaff. Cymerodd Danny'r cyfle i ddwyn cwmpawd a'i roi yn ei boced. Aethon nhw i dafarn *Y Gwydir* wedyn a gofyn am frechdanau a chwrw. Doedd ddim llawer o bres gan Danny ond eisteddodd wrth y bwrdd agosaf at y dynion a phrynu peint o gwrw. Rhoddodd ei gwmpawd ar y bwrdd a thynnu'i fap allan o'i fag cynfas. Pan glywon nhw acen Danny wrth y bar, dechreuodd y dynion edrych arno a sibrwd. Saeson ffroenuchel oedden nhw, efo acen fel swyddogion y fyddin.

'Americanwr 'dach chi?' gofynnodd un o'r

dynion efo gwên gyfeillgar.

'Ie,' gwenodd Danny. 'Dwi ar wyliau dringo.'

'Pa fynyddoedd 'dach chi wedi eu dringo hyd yn hyn?'

'Dim un. Newydd gyrraedd ar y trên o Gaer ydw i. Dwi'n bwriadu dringo'r Wyddfa yfory.'

'Dyn da! Rydyn ni'n mynd i ddringo'r Wyddfa yfory hefyd. Lle 'dach chi'n aros?'

'Dwi ddim wedi gwneud trefniadau eto. Dwi eisiau aros yn ymyl yr Wyddfa.'

Cyflwynodd y dynion eu hunain – Bertie, yr hynaf, ei frawd Teddy a'u cefnder ifanc, George. Aeth Danny yn Daniel Williams-Ellis o Chicago. Roedd o'n hoffi sŵn Williams-Ellis. Clywodd yr enw yn rhywle o'r blaen. Ond camgymeriad oedd dewis yr enw hwnnw.

'Mae'n rhaid eich bod chi'n perthyn i'r hen deulu Williams-Ellis,' meddai Bertie.

'Wel, dwi ddim yn siŵr,' meddai Danny. 'Aeth fy nhaid i America chwe deg mlynedd yn ôl.'

Cyrhaeddodd brechdanau'r dynion a rhoddodd Bertie wahoddiad i Danny ymuno â nhw. Roedd Bertie a Teddy wedi dringo yn yr ardal o'r blaen ac roedd Danny'n fodlon dysgu oddi wrth eu profiad nhw.

'Rydyn ni'n bwriadu dringo Moel Siabod y pnawn 'ma. 'Dach chi eisiau ymuno â ni?'

Cafodd Danny brynhawn cofiadwy. Roedd hi'n ddiwrnod braf ac roedd y golygfeydd yn hyfryd. Roedd Bertie a Teddy'n ddringwyr da ond roedden nhw'n chwerthin am ben George, oedd yn araf – roedd o braidd yn dew.

Mynnodd y tri fod Danny'n ymuno â nhw yn eu

gwesty yng Nghapel Curig. 'Capel Cwrig' oedd Bertie yn galw'r lle, a 'Betsy Code' oedd Betws-y-coed. Byddai Megan yn eu casáu nhw, meddyliodd Danny. Doedd o ddim yn rhy hoff ohonyn nhw chwaith. Ceisiodd Danny wrthod. Doedd ganddo fo ddim dillad, esboniodd. Byddai ei fagiau'n dod o Gaer ar y trên – yfory mwy na thebyg.

'Dim problem, Daniel. 'Dach chi'r un maint â Teddy fwy neu lai. Mi gewch chi fenthyg siwt Teddy.'

Roedd hi'n amlwg fod cael twrist Americanaidd yn y gwesty yn achlysur arbennig. Doedd dim llawer ohonyn nhw o gwmpas ac wrth gwrs, roedden nhw'n siŵr o fod yn gyfoethog. Cafodd Danny groeso cynnes gan reolwr y gwesty. Prynodd ddiodydd ar unwaith ar gyfer ei ffrindiau newydd, a rhoddodd y swm ar lechen. Ar ôl cael bàth poeth a gwisgo siwt, crys, tei, sanau ac esgidiau Teddy, aeth Danny i lawr i ginio gan deimlo fel y Brenin Siôr.

Geiriau newydd

achlysur – *event*
buddsoddiad – *investment*
cefnder – *cousin (m)*
cofiadwy – *memorable*
cwmpawd – *compass*
cyfoethog – *rich*
chwerthin am ben – *to laugh at*
ffroenuchel – *toffee-nosed*
gwahoddiad – *invitation*
locsyn – *beard*
llechen – *slate*
perthyn – *to be related*
profiad – *experience*
rhaff – *rope*
sidan – *silk*

Pennod 11

Tra oedd Danny'n aros am y lleill yn y bar, daeth dynes tua thri deg pum mlwydd oed a dau ddyn 'fengach i mewn. Roedden nhw'n chwerthin yn uchel ac yn siarad mewn lleisiau caled – fel asynnod, meddyliodd Danny. Archebodd y ddynes botelaid o siampên a rhoi gwên fawr i Danny.

'Edrychwch hogiau, mae dyn newydd efo ni!' chwarddodd yn uchel. Gwenodd Danny'n foesgar. Roedd gan y ddynes wallt golau byr iawn ac roedd hi'n gwisgo ffrog a het fach efo plu ar ei phen fel *flapper*. Roedd Danny wedi gweld lluniau o *flappers* yn y papurau newydd. Roedd hi'n denau, yn esgyrnog a dweud y gwir, ac roedd ganddi ysgwyddau sgwâr a chyhyrau breichiau mawr fel dyn. Roedd ei cheg yn llydan fel blwch post efo gormod o finlliw arno. O bellter, roedd hi'n ymddangos yn bishyn, ond roedd hi'n edrych yn beryglus i Danny. Doedd o ddim eisiau mynd yn agos ati.

Eisteddodd y tri wrth fwrdd. Cododd y ddynes ei llaw ar Danny. ''Dach chi eisiau ymuno â ni?'

Yn ffodus, daeth Bertie a'i griw i mewn i'r bar ac

ysgydwodd Danny ei ben. 'Dim diolch, dacw fy ffrindiau'n dod.'

'O Bertie!' sgrechiodd y ddynes gan agor y blwch post. 'A Teddy – a George y babi! Sut ydych chi eleni?'

Syllodd Bertie arni'n gas. 'Ewch i'r diawl, Hilda,' meddai. Trodd at y lleill, 'Dewch, *chaps!*'

Synnodd Danny. Roedd Bertie'n fonheddwr. Beth oedd y ddynes wedi'i wneud? Pam oedd o mor anghwrtais? Archebodd pawb fwyd a rhoddodd Bertie'r rhestr win i Danny.

'Na, na,' meddai Danny. Doedd Danny'n gwybod dim byd am win. 'Dewiswch chi'r gwin – 'dach chi wedi bod mor garedig wrtha' i.' Trodd at y gweinydd. 'Rhowch y gwin ar fy mil i os gwelwch yn dda.' Byddai Danny wedi mynd mewn diwrnod neu ddau heb dalu'r bil.

Wrth iddyn nhw aros am eu pryd bwyd, gofynnodd Danny, 'Pwy oedd y foneddiges yn y bar, Bertie?' Roedd Danny eisiau amser i astudio'r rhes o gyllyll a ffyrc. Doedd o erioed wedi gweld cymaint o lestri arian ar gyfer un pryd bwyd.

'Boneddiges? Dydy hi ddim yn foneddiges, Daniel. Slwten gyfoethog ydy Lady Hilda Crackshore. Mae hi'n bwyta dynion i frecwast.'

'Yn wir?' Roedd hi'n amlwg pa un oedd y llwy gawl ond beth am y gweddill? Byddai'n rhaid i Danny aros i weld pa gyllell fyddai'r lleill yn ei defnyddio.

'Chwarae teg, Bertie, mae hi'n ddringwraig ardderchog,' meddai Teddy.

'Mae ein teulu ni yn adnabod teulu ei gŵr, Lord Crackshore – druan ohono fo. Mae o'n falch o gael gwared arni bob gwanwyn. Mae hi'n mynd yn hollol wyllt efo'i dynion yn Llundain,' meddai Bertie.

'Dweda wrth Danny beth ddigwyddodd llynedd, Bertie!' meddai George.

'Dwi ddim eisiau meddwl am y peth,' meddai Bertie'n swta. Newidiodd y pwnc. 'Rŵan, beth am yr Wyddfa yfory?'

Ar ôl cinio, tra oedd Bertie a Teddy yn y bar yn dewis sigarau i gael efo'u coffi a'u brandi, ceisiodd Lady Crackshore unwaith eto. Aeth heibio i fwrdd Danny a George. Yn anfodlon, cyflwynodd George Danny i Lady Crackshore. Ar ôl dweud yr un peth â Bertie ynglŷn â theulu Williams-Ellis, dwedodd, 'Dewch i ymuno â ni – rydyn ni'n gwybod sut i gael hwyl. Mae Teddy a Bertie'n ddiflas iawn. Rwyt ti eisiau cael hwyl, on'd wyt ti George, cariad?' Trodd at Danny. 'Pishyn – yr hogyn George – on'd ydy? Fel ceiliog ifanc tew, yn ddigon da i'w fwyta!' Llyfodd ei gwefusau a gwenu. Cochodd George. 'Ac rwyt ti'n edrych fel rhywun sy'n gwybod sut i fwynhau dy hun, Daniel.'

'Dim diolch,' meddai Danny'n gwrtais. 'Rydyn ni'n cychwyn yn gynnar bore fory. Rhaid inni fynd i'n gwelyau'n gynnar.'

'Am syniad da, Daniel. Efallai ymuna' i â chi.' Chwarddodd a llyfu ei gwefusau eto. Gwelodd Bertie'n dod ac aeth yn ôl at ei dynion ifainc. 'Wela' i chi ar y mynydd!'

'Y slwten wynebgaled!' meddai Bertie. 'Gwnewch yn siŵr fod eich drws ar glo heno, Daniel – wneith dim byd ei stopio hi.' Ac yn syth dechreuodd siarad am eu taith i fyny'r Wyddfa.

Yn ei ystafell wely, edrychodd Danny drwy'r ffenest ar y sêr. Roedd hi'n amlwg na fyddai'n sefyll ar gopa'r Wyddfa erbyn y wawr. Roedd gan Pennant arweinydd proffesiynol efo fo ond dim ond tri Sais oedd gan Danny. Y tro nesaf efallai. Pwysodd allan o'r ffenest i edrych ar iard gefn y gwesty. Roedd 'na falconi bach y tu allan i'w ystafell o a'r ystafell drws nesaf. Roedd o wedi gofyn am ystafell yn y cefn. Roedd o'n gwybod o brofiad ei bod hi'n haws dianc o gefn adeilad. Hon fyddai ei unig noson yn y gwesty. Byddai'n rhaid iddo ddiflannu nos yfory, ar ôl cinio da, wrth gwrs.

Geiriau newydd

anfodlon – *unwilling*
archebu – *to order*
asyn – *donkey*
boneddiges – *lady*
ceiliog – *cockerel*
cyhyrau – *muscles*
esgyrnog – *bony*
gwefus – *lip*
gweinydd – *waiter*
llydan – *wide*
llyfu – *to lick*
minlliw – *lipstick*
moesgar – *polite*
plu – *feathers*
pwyso – *to lean*
rhes – *row*
tenau – *thin*

Pennod 12

Drannoeth, ar ôl brecwast, cafodd y pedwar dyn becyn cinio o gegin y gwesty a chymryd cab a cheffyl i Benygwryd. Roedd hi'n fore perffaith ar gyfer dringo. Roedd yr haul yn gwenu a doedd dim llawer o wynt. Yn y cab, sylwodd Bertie ar esgidiau byddin Danny.

'Dwi'n hoffi eich esgidiau, Daniel,' meddai. 'Mae ein *pater* ni'n dweud bob amser mai esgidiau byddin yw'r pethau gorau ar gyfer dringo. Dyn y fyddin oeddech chi? Fuoch chi yn Ffrainc?'

'A dweud y gwir, ymunais â'r fyddin yn rhy hwyr i fynd i Ffrainc. Treuliais y rhyfel y tu ôl i ddesg yn Chicago.' Doedd Danny ddim eisiau siarad am y rhyfel.

'Anlwcus. Roeddwn i yn yr un sefyllfa yn anffodus. Swyddog staff yn Swyddfa'r Rhyfel.' Roedd yn gas gan Danny swyddogion staff.

'Bechod nad oeddwn i'n ddigon hen i ymladd,' meddai George. 'Dwi'n ymuno â'r fyddin ym mis Medi. 'Dach chi'n meddwl bydd 'na ryfel arall?'

'Na fydd, gobeithio,' meddai Danny'n swta. 'Edrychwch! Dyma ni!' Roedden nhw'n medru gweld yr Wyddfa.

Roedd grŵp bach o ddringwyr eraill y tu allan i westy Penygwryd gan gynnwys Lady Crackshore a'i dynion ifanc. Cododd ei llaw ar y dynion yn y cab.

'Wela' i chi ar y copa,' gwaeddodd.

'Dim os na welwn ni chi gynta,' meddai Teddy dan ei wynt. 'Gyrrwch ymlaen, yrrwr!'

Chwarddodd Bertie a George. Arhosodd y cab wrth fan cychwyn y 'Pyg Trac'. Rhoddodd y dynion eu bagiau cynfas ar eu hysgwyddau a dechrau cerdded.

'Ceisiwch aros efo ni, George a Daniel. Rydyn ni eisiau cyrraedd y copa cyn yr hen ddynes Crackshore.'

Cychwynnodd Teddy a Bertie'n gyflym. Doedd y llwybr ddim yn serth iawn ond roedd yn hir ac ymhen awr roedd George wedi colli ei wynt yn llwyr.

'Beth am aros am funud i edmygu'r olygfa, George,' awgrymodd Danny.

'Syniad da, Daniel,' meddai George yn ddiolchgar. Eisteddodd y ddau. Roedd yr olygfa'n fendigedig efo llyn bach ar y chwith a Phedol yr Wyddfa o'u cwmpas.

Fwy na chanllath o'u blaenau, trodd Bertie a Teddy. 'Dewch yn eich blaenau! Peidiwch â bod mor ddiog!' gwaeddodd Bertie.

'Ewch ymlaen hebddon ni!' gwaeddodd Danny'n ôl. 'Welwn ni chi'n nes ymlaen.'

Pan ailgychwynnodd Danny a George roedd Bertie a Teddy o'r golwg. Roedd George yn poeni.

'Dydyn ni ddim yn gwybod y ffordd, Daniel,' meddai.

'Paid â phoeni, George. Mae'r copa fan'cw a dyma'r llwybr, ac mae 'na bobl eraill ar y mynydd. Awn ni ddim ar goll.'

'Ond beth am Bertie a Teddy? Mi fyddan nhw'n flin os byddwn ni'n rhy araf.'

'Does dim ots gen i beth mae Bertie a Teddy yn ei feddwl. Ymlacia, George a mwynha dy hun.'

'Rwyt ti'n iawn, Daniel. Mae popeth yn gystadleuaeth ganddyn nhw. Dwi ddim yn hoffi hynny.'

Eisteddodd y ddau eto pan gyrhaeddon nhw risiau bras. 'Wyt ti eisiau brechdan, George? Dwi eisiau bwyd.'

Tra oedden nhw'n bwyta eu brechdanau, gwelodd y ddau grŵp yn dringo tuag atyn nhw.

'O diar!' meddai George. 'Mae criw Hilda Crackshore yn dod. Gawn ni fynd?' Safodd ar ei draed.

'Oes ofn Hilda Crackshore arnat ti, George? Does dim ofn arna' i. Arhosa lle rwyt ti.'

''Dach chi wedi rhoi'r gorau iddi, hogiau?' Chwarddodd Lady Crackshore. 'Mae'n ddrwg gen i, fedrwn ni ddim ymuno â chi, dwi ddim yn hoffi aros ar y ffordd i fyny. Welwn ni chi ar y ffordd i lawr.' Gwenodd ei dau ddyn ifanc yn flinedig.

Gwyliodd Danny nhw'n diflannu rownd y graig. 'Beth ddigwyddodd rhwng Lady Crackshore a Bertie llynedd, George?'

'Basai Bertie'n flin taswn i'n dweud wrthot ti,' chwarddodd George. 'Doeddwn i ddim yma llynedd, ond roedd o'n ddoniol iawn meddai Teddy.'

'Wel os nad wyt ti eisiau dweud, anghofia am y peth.'

'Na, dwi eisiau dweud wrthot ti. Roedd Bertie yn ystafell ymolchi'r gwesty yn cael bàth. Doedd y drws ddim ar glo – roedd o wedi gofyn i weinydd ddod â brandi iddo. Pan gurodd rhywun ar y drws galwodd Bertie "Dewch i mewn". Wel, Hilda Crackshore oedd yno, yn gwisgo dim ond ffedog morwyn. "Wyt ti eisiau i mi sgwrio dy gefn, Bertie cariad?" gofynnodd. Roedd Bertie'n ddig iawn. Tynnodd Hilda ei ffedog – roedd hi'n noethlymun. "Ewch o'ma," gwaeddodd Bertie, ond ceisiodd Hilda fynd i mewn i'r bàth ato fo. Roedd hi'n ceisio rhwbio sebon arno fo ac yntau'n ceisio mynd allan o'r bàth pan gyrhaeddodd y gweinydd. Roedd Bertie'n wallgof, ond fedrai Hilda ddim peidio â chwerthin. Dydy Bertie erioed wedi maddau iddi.'

Chwarddodd Danny. 'Felly, roedd hi wedi gwneud ffŵl ohono o flaen y gweinydd.'

'Oedd. Doedd dim ots ganddi hi os oedd y gweinydd yn ei gweld heb ddillad. Rhuthrodd y gweinydd allan o'r ystafell ymolchi fel tasai o wedi gweld y diafol!'

'Wel, George, mae'n rhaid i ti fod yn ofalus y tro yma. Mae *m'lady*'n meddwl dy fod ti'n bishyn! Gawn ni fynd am y copa?'

Cochodd George. 'Byddai'n braf cael merch yn rhedeg ar fy ôl i,' meddai. 'Dim Hilda, wrth gwrs. Mae Hilda yn codi ofn arna' i.'

'Rwyt ti'n ddyn ifanc doeth iawn, George,' chwarddodd Danny eto.

Roedd y daith i'r copa yn waith caled, ac aeth Bertie a Teddy heibio iddyn nhw ar eu ffordd i lawr y mynydd.

''Dach chi'n anobeithiol, chi eich dau,'

chwarddodd Bertie mewn hwyliau da. Roedden nhw wedi ennill y ras efo Hilda Crackshore.

'Dim ots,' meddai Danny. 'Pan gyrhaeddwn ni mi fydd y copa yn dal i fod yno. Peidiwch ag aros amdanon ni. Welwn ni chi'n ôl yn y gwesty.'

Mi fedren nhw weld y wlad am filltiroedd o gopa'r Wyddfa. Roedd y ddau yn meddwl yn siŵr eu bod nhw'n medru gweld Iwerddon, ond efallai mai Sir Fôn oedd yno. Roedd Danny wrth ei fodd. Roedd o eisiau aros yno am amser hir, ond cyrhaeddodd grŵp arall y copa. Roedd un ohonyn nhw'n dechrau tynnu llun y lleill. Cynigiodd y dyn dynnu llun Danny a George. Gan feddwl am ei gynlluniau i ddianc y noson honno, llun oedd y peth olaf roedd Danny ei eisiau ond roedd George yn awyddus iawn. Wrth i'r dyn weiddi "Dach chi'n barod?' o dan ei liain du, pwysodd Danny i lawr i glymu ei esgidiau. "Dach chi wedi difetha'r llun!' meddai'r dyn yn flin.

'Mae'n ddrwg gen i,' meddai Danny'n ddifater. Rhoddodd George ei gyfeiriad i'r dyn ond dwedodd Danny y byddai o allan o'r wlad erbyn y byddai'r llun yn barod.

Geiriau newydd

bras –*rough*
clymu – *to tie*
cystadleuaeth – *competition*
difater – *unconcerned*
difetha – *to spoil*
doeth – *wise*
doniol – *amusing*
gan gynnwys – *including*
lliain – *cloth*
maddau – *to forgive*
noethlymun – *stark naked*
sefyllfa – *situation*
serth – *steep*
yntau – *him*

Pennod 13

Aeth y ddau i lawr ar hyd Llwybr y Mwynwyr. Roedd y llyn o danyn nhw'n debyg i bwll arian. Wrth iddyn nhw groesi'r bont fach dros y llyn, edrychodd Danny'n ôl. Am olygfa fythgofiadwy! Byddai'n dod â Bryn yma ryw ddiwrnod.

'Dwi wedi mwynhau'r diwrnod yn fawr, George,' meddai.

'A finnau,' meddai George. 'Rwyt ti'n ffrind da Daniel. Diolch am aros efo fi.'

'Croeso,' gwenodd Danny. Roedd y ddau ohonyn nhw'n flinedig ac roedd eu coesau'n brifo pan gyrhaeddon nhw'r gwesty. Cofiodd Danny holi a oedd ei fagiau wedi cyrraedd o Gaer, a smalio ei fod o'n flin pan nad oedden nhw. 'Dydy hyn ddim yn ddigon da! Mi ffônia' i'r gwesty yng Nghaer bore fory,' meddai'n uchel wrth George.

'Wisgi bach a bàth poeth, dwi'n meddwl, Daniel,' meddai George.

'Syniad da,' cytunodd Danny. Cafodd y ddau wisgi yn y bar a phrynodd Danny weddill y botel i fynd gydag o i'w ystafell, ar ei lechen wrth gwrs. Ar ôl diod arall, aeth Danny i'r ystafell ymolchi.

Agorodd drws yr ystafell agosaf at ei ystafell o a daeth Hilda Crackshore allan, yn ei gwisg hwyrnos.

'Wel, Daniel, rydyn ni'n gymdogion. Am neis!' Gwenodd Danny'n foesgar.

'Noswaith dda, Lady Crackshore.'

Edrychodd hi ar ei dywel. 'Wyt ti'n mynd i'r bàth? Wyt ti eisiau i mi sgwrio dy gefn di?'

'Dim diolch, dwi'n hogyn mawr rŵan.' Ond cloiodd Danny ddrws yr ystafell ymolchi, rhag ofn.

Dros ginio, roedd Bertie a Teddy'n falch iawn ohonyn nhw eu hunain, ac roedden nhw'n siarad yn frwd am ddringo 'Crib Cork' drannoeth.

'Wel, os ydyn ni'n dringo Crib Goch yfory, dwi eisiau noson gynnar,' meddai Danny gan agor ei geg.

'A finnau,' meddai George a oedd yn cael trafferth i gadw'n effro.

Penderfynodd Danny gysgu am awr neu ddwy. Cafodd ei ddeffro gan sŵn yn yr ystafell drws nesaf. Paciodd ei ddillad ei hun yn ei fag cynfas a pharatoi i fynd. Clywodd lais dyn o ochr arall y wal. Oedd y dyn yn galw 'Help'? Pa fath o gêmau roedd *M'lady* yn eu chwarae? Gwenodd Danny. Dringodd drwy'r ffenest. Roedd golau'n gwenu drwy ffenest Hilda Crackshore. Sleifiodd Danny'n nes at y ffenest. Drwy fwlch yn y llenni, gwelodd George ar wely Hilda Crackshore. Roedd o'n cael ei glymu efo rhaff ddringo i bolion y gwely ac roedd Hilda'n clymu sgarff o amgylch ei geg i'w gadw rhag gweiddi. Roedd pâr o efynnau ar y llawr. Roedd George yn noethlymun a doedd Hilda'n gwisgo dim ond *boa* plu. Ceisiodd Danny beidio â chwerthin. Roedd hi'n amlwg nad oedd George yn mwynhau'r profiad o gael merch yn rhedeg ar ei ôl.

Profodd Danny glicied y ffenest. Doedd hi ddim wedi cloi. Arhosodd i Hilda droi ei chefn at y ffenest. Roedd hi'n dringo ar y gwely ac yn gorwedd yn agos at George. Yn ddistaw, agorodd Danny'r ffenest. Trodd Hilda wrth i Danny neidio i mewn i'r ystafell. Cafodd Hilda sioc ar y dechrau ond yna gwenodd yn sydyn.

'Wyt ti eisiau ymuno â ni, Daniel cariad?' Llyfodd ei gwefusau.

Gwenodd Danny. 'Hilda annwyl, dwi'n siomedig ynot ti. Mi ddylet ti fod yn chwarae efo rhywun yr un oed â thi dy hun. Pa fath o gêmau wyt ti'n eu hoffi?' Cododd Danny'r gefynnau oedd ar y llawr, a'u chwifio o'i blaen hi. Collodd Hilda ddiddordeb yn George a cherddodd yn araf tuag at Danny fel cath, gan chwifio ei *boa* yn yr awyr.

'Am syrpreis neis, Daniel.' Estynnodd Danny am y *boa* a'i lapio'n araf o amgylch Hilda. Cododd Hilda ei braich i gyffwrdd â Danny a chymerodd Danny ei llaw. Yn gyflym, trodd ei llaw tu ôl i'w chefn a'i thaflu ar y llawr. Roedd hi'n gryf iawn ac yn ymladd yn ôl fel cath wyllt. Gafaelodd Danny yn ei llaw arall a chlymu ei dwylo gyda'i gilydd efo'r gefynnau.

'Bastad!' hisiodd Hilda.

'Yr ast!' hisiodd Danny. Aeth Danny at y gwely i ryddhau George.

'Gad imi fynd ar unwaith.'

'Cau dy geg Hilda, rwyt ti'n mwynhau dy hun.'

'Mi wna' i sgrechian "Trais!" mewn munud.'

Trodd Danny o'r gwely. 'Dydi hynny ddim yn syniad da, Hilda.' Cododd sgarff arall o'r llawr a'i chlymu dros geg Hilda.

Pan oedd George yn rhydd, meddai Danny, 'Tyrd â dy ddillad, George, a dos i dy ystafell. Cymer frandi mawr a thywallt un i mi hefyd.' Clymodd Danny draed Hilda a cheisio ei chodi o'r llawr. Roedd hi'n ysgafn fel pluen ond roedd hi'n ymladd yn ôl yn gryf. Rhoddodd Danny hi i bwyso ar droed y gwely a'i chlymu wrth y ffrâm efo rhaff. Gwnaeth yn siŵr fod y sgarff yn dynn, ac aeth at y drws. Cododd ei law arni. 'Nos da, Hilda. Cysga'n dda.' Cymerodd y goriad a chloi'r drws o'r tu allan.

Aeth i ystafell George. Roedd George yn crynu gan oerfel. Yfodd y ddau hanner potelaid o frandi tra oedd George yn siarad am ei brofiad ofnadwy ac am beth fyddai o'n ei ddweud wrth Teddy a Bertie. Ond doedd dim ots gan Danny. Roedd o ar frys rŵan a mynnodd fod George yn mynd i'w wely.

'Wela' i di yn y bore, Daniel, a diolch yn fawr am fy achub i.'

Doedd neb o gwmpas yn y gwesty. Aeth Danny i lawr y grisiau. Oedd drws y swyddfa ar agor? Oedd. Tynnodd Danny ei fflachlamp o'i fag i chwilio am bres. Roedd deg punt mewn bocs yn y drôr. Gadawodd Danny drwy ddrws y gegin gan ddwyn tipyn o fara a chaws ar y ffordd.

Geiriau newydd

agor ceg – *to yawn*
brwd – *enthusiastic*
bythgofiadwy – *unforgettable*
clicied – *latch*
chwifio – *to wave*
gast – *bitch*
gefynnau – *handcuffs*
gwisg hwyrnos – *evening dress*
lapio – *to wrap*
o amgylch – *around*
smalio – *to pretend*
trais – *rape*
tywallt – *to pour*

Pennod 14

Cerddodd Danny'n gyflym i lawr y ffordd tuag at Fetws-y-coed. Roedd o am fynd i Lanrwst a dal y trên cyntaf i Abergele. Byddai'n gorfod troi i'r chwith yn rhywle a chroesi'r afon. Cyrhaeddodd Betws a gwelodd bont. Roedd hi'n noson rhy dywyll iddo fedru darllen y map ond byddai Llanrwst ychydig o filltiroedd yr ochr arall, siŵr o fod. Fel roedd hi'n goleuo aeth Danny heibio i dŷ neu ddau. Roedd o'n cyrraedd Llanrwst. Aeth heibio i felin wlân a gwelodd siop fach ar y gornel nesaf. Becws oedd yno, ac roedd Danny eisiau bwyd. Roedd oglau bara ffres yn dod o'r siop. Aeth i mewn. Cafodd y pobydd sioc o gael cwsmer mor gynnar, ond gwerthodd bastai i Danny. Roedd hi'n braf siarad Cymraeg eto.

'Mae eich acen chi'n wahanol, 'dach chi ddim yn dod o'r ardal yma,' meddai'r pobydd. Dwedodd Danny mai groser o Ferthyr Tydfil oedd o, ar wyliau dringo yn y gogledd.

Ar ôl sgwrs ddiddorol ynglŷn â hela cwningod a physgota, gofynnodd Danny, 'Lle mae'r orsaf?'

'Gorsaf? Does dim gorsaf yn Nhrefriw,' atebodd

y dyn.

'Trefriw?' Edrychodd Danny ar y pobydd yn syn. Tynnodd ei fap o'i boced. Roedd o ar ochr anghywir yr afon. Esboniodd y pobydd sut i fynd o Drefriw i Lanrwst, ond roedd gan Danny broblem. Tasai rheolwr y gwesty wedi gweld ei golli o, efallai basai'r heddlu'n chwilio amdano ar y trenau. Roedd o'n gobeithio byddai George a'r lleill yn ddigon diolchgar i'w amddiffyn o, ond roedd o'n dal i wisgo siwt Teddy, felly fedrai o ddim bod yn siŵr. Doedd o ddim eisiau cael ei ddal. Byddai'n well iddo gadw ei ben i lawr am dipyn.

'O wel, waeth imi dreulio dipyn o amser yn Nhrefriw felly. Oes rhywle distaw i gerdded yn yr ardal?' holodd Danny.

'Mae Llyn Crafnant yn hyfryd. Mi fedrwch chi gerdded yn y bryniau yno ac mae 'na frithyll yn y llyn,' atebodd y pobydd.

'Pa mor bell ydy o?'

'Tua dwy filltir i fyny'r ffordd fan acw.'

'Mi a' i â phastai arall efo fi.' Prynodd y bastai, ffarweliodd â'r pobydd a chychwyn i fyny'r bryn. Fyddai ei goesau'n ei gario am ddwy filltir? Roedd o ar ddiffygio.

Pan welodd Danny y llyn, daliodd ei wynt. Yn haul y bore roedd y llyn yn berffaith lonydd efo coed o'i amgylch. Roedd o wedi cyrraedd y nefoedd. Eisteddodd ar garreg ar lan y llyn a chymryd diod. Yn araf cerddodd ar hyd y lan ac aeth heibio i siop de. Oedd llawer o bobl yn dod yma? Ym mhen pella'r llyn gwelodd gwt bach. Roedd yn rhaid iddo orffwyso am bum munud. Roedd o bron â chysgu. Edrychodd i mewn i'r cwt. Roedd rhywun wedi bod yn byw yno. Roedd lein bysgota, hen siaced a blanced yn ymyl matres wellt ar y llawr. Gorweddodd Danny ar y fatres ac aeth i gysgu'n syth.

Pan ddeffrodd ar fachlud haul, roedd drws y cwt yn agored ac roedd dyn yn coginio pysgod ar dân bach y tu allan. Pesychodd Danny i ddal sylw'r dyn. Wnaeth o ddim symud.

'Helô,' meddai Danny'n uchel. 'Eich cwt chi ydy hwn?' Atebodd y dyn mohono. Safodd Danny ar ei draed ac aeth allan. 'Mae'n ddrwg gen i fy mod i wedi defnyddio eich cwt.' Wnaeth y dyn ddim troi. Oedd o'n dwp? Symudodd Danny at ochr y dyn a chyffwrdd ei ysgwydd. 'Mae'n ddrwg gen i . . . ' dechreuodd eto.

Syllodd y dyn arno heb wenu. 'Peidiwch â gwastraffu eich amser,' meddai. 'Y groser o Ferthyr 'dach chi?'

Dechreuodd Danny siarad ond torrodd y dyn ar ei draws. 'Nodiwch neu ysgwydwch eich pen. Dwi'n hollol fyddar. Mi wnes i golli fy nghlyw yn y rhyfel.' Synnodd Danny ac edrychodd ar y dyn â pharch newydd. 'Ond dwi ddim yn dwp! Mae pobl y pentre yn meddwl eich bod chi'n dwp os 'dach chi'n fyddar. Dyna pam dwi'n byw yma.'

Gwnaeth Danny siâp 'O' efo'i wefusau.

'Fuoch chi yn y rhyfel?' Nodiodd Danny ei ben. 'Dach chi ddim yn edrych fel groser i mi.' Ysgydwodd Danny ei ben. 'Siwt neis, ydach chi'n gyfoethog?' Ysgydwodd Danny ei ben. 'Ydach chi'n dianc rhag rhywbeth?' Edrychodd Danny ar draws y llyn. 'Mi fydda i'n edrych i ffwrdd pan na fydda i eisiau ateb cwestiwn hefyd,' gwenodd y dyn. 'Ydy'r heddlu yn chwilio amdanoch chi? Cododd Danny ei ysgwyddau a gwenu. Chwarddodd y dyn. 'Dydy'r heddlu byth yn dod i fa'ma. Beth ydy eich enw chi?' Estynnodd y dyn ddarn o bren iddo a phwyntio at y ddaear. Ysgrifennodd Danny 'Danny' yn y tywod gwlyb ar lan y llyn. 'Dai dwi. 'Dach chi eisiau brithyll?' Nodiodd Danny ei ben. 'Os medrwch chi adrodd stori eich bywyd wrtha' i mewn ystumiau, mi gewch chi aros yma heno.'

Geiriau newydd

amddiffyn – *to protect*
ar ddiffygio – *exhausted*
brithyll – *trout*
byddar – *deaf*
clyw – *hearing*
glan llyn – *lakefront*
machlud – *sunset*
pesychu – *to cough*
pobydd – *baker*
tywod – *sand*
ystumiau – *gestures*

Pennod 15

Roedd siarad efo Dai yn waith caled. Medrai ddarllen gwefusau dipyn bach a rhwng y darn o bren, yr ystumiau ac actio dwedodd Danny ei stori wrtho. Am ryw reswm, roedd Danny eisiau dweud y gwir wrth Dai, wel, rhan o'r gwir beth bynnag. Wrth gwrs, roedd Dai yn ei helpu llawer wrth ofyn cwestiynau.

'Beth ddigwyddodd ym Metws-y-coed?' gofynnodd Dai. Chwarddodd yn uchel wrth i Danny actio ei anturiaethau ym Metws-y-coed yn y machlud ar lan y llyn.

Pan dywyllodd, roedd yn rhaid i'r sgwrs ryfedd orffen – fedrai Dai ddim gweld perfformiad Danny. Rhoddodd Dai flanced i Danny a dweud, 'Dwi'n mynd allan rŵan. Dwi eisiau archwilio'r trapiau cwningod.' Pwyntiodd Danny at ei frest a gwenu. ''Dach chi eisiau dod?' gofynnodd Dai.

Ar y ffordd yn ôl i'r cwt efo dwy gwningen, arhosodd Dai ar lan y llyn yng ngolau'r lleuad.

'Ewch yn eich blaen, dwi eisiau aros am funud,' meddai Dai. Cerddodd Danny ar hyd y llwybr ac yn sydyn, clywodd Dai yn canu. Cafodd Danny sioc.

Am lais bendigedig! Roedd emyn o ryw fath yn atseinio fel cloch dros y llyn. Teimlodd Danny'n drist. Fyddai Dai ddim yn clywed ei lais ei hun byth eto. Yn y cwt, syrthiodd Danny i gysgu'n syth, cyn i Dai ddod adref.

Drannoeth, deffrodd Danny gyda'r wawr, ond doedd Dai ddim yno. Byddai'n rhaid iddo fynd. Roedd Dai wedi dweud ei fod o'n cael aros dros nos, ond soniodd o ddim am noson arall. Bechod, roedd Llyn Crafnant yn lle hyfryd. Aeth Danny ati i gynnau tân a gwneud tebotaid o de. Roedd bara mewn bag cynfas yn y cwt ond byddai Dai eisiau hwnnw. Safodd ar ei draed a dechrau cerdded i lawr y ffordd i Drefriw. Hanner ffordd i lawr gwelodd Dai'n dod i fyny'r bryn.

''Dach chi'n mynd, 'ta.' Nodiodd Danny, gan dynnu ei geg i lawr i ddangos nad oedd o eisiau mynd. 'Mae gen i fara ffres yn fy mag – a menyn a jam cartref, a chaws a thatws oddi wrth fy chwaer.'

Beth fedrai Danny ddweud? 'O! Da iawn.' Cododd ei fawd.

'Buodd yr heddlu yn y pentref neithiwr. Roedden nhw'n chwilio am Americanwr sy'n edrych fel y Brenin. Mae o wedi dwyn pres o westy yng Nghapel Curig.' Gwenodd Dai.

Mi wnaeth Danny siap torth o fara efo'i ddwylo. 'Beth am y pobydd?'

'Do. Siaradodd yr heddlu efo Harri Siop Fara. Soniodd o ddim amdanoch chi. Dydy Harri ddim yn hoffi'r heddlu.'

Gan ddechrau pantomeim fel y noson cynt, gofynnodd Danny a oedd rhywbeth yn cael ei ddweud ynglŷn â'r tri dyn a'r ddynes. Tynnodd y siwt.

'Dim gair ynglŷn â'r dynion, na'r ferch, na'r siwt chwaith.' Gwenodd Dai yn slei. 'Mi fyddwch chi mewn trwbl os ewch chi o gwmpas yr ardal yn edrych fel y Brenin.' Nodiodd Danny ei ben. 'Mae'n well i chi aros efo fi am ychydig ddyddiau – os 'dach chi eisiau wrth gwrs.'

Cododd Danny ei fawd. 'Diolch Dai! Diolch yn fawr iawn!'

Trodd y ddau i gyfeiriad Llyn Crafnant. Wrth iddyn nhw fynd heibio i'r siop de, pwyntiodd Danny ati.

'Oes llawer o bobl yn dod yma?'

'Cyn y rhyfel, roedd Trefriw yn lle poblogaidd am wyliau, ond rŵan, dwi ddim yn gwybod pam, does dim cymaint yn dod – dim ond ar y stemars am awr neu ddwy.'

Dros ginio, bara a chaws, gofynnodd Dai, 'Ydach chi'n siarad Cymraeg efo acen Americanaidd?'

'Mae'n debyg.' Cododd Danny ei ysgwyddau.

'Fel dwedais i, does dim llawer o bobl yn dod yma ond os byddwch chi'n cyfarfod unrhyw un mae'n well i chi gadw eich ceg ar gau.'

Nodiodd Danny. Dechreuodd Dai wenu.

'Beth?' Medrai Dai ddarllen 'Beth' ar wefusau Danny.

'Mae gen i syniad da. Beth am smalio eich bod chi'n fud?' Doedd Danny ddim yn deall y gair 'mud'. Edrychodd ar Dai yn ddryslyd. 'Dim llais,' meddai Dai. 'Fedrwch chi ddim siarad! Dyna fo. Os bydd rhywun eisiau gwybod pwy 'dach chi, fy hen ffrind i o'r rhyfel 'dach chi. Dyn byddar a dyn mud – am bâr!' Chwarddodd Dai.

Cododd Danny ddarn o bren. Ysgrifennodd 'Ffrind da wyt ti' yn y tywod.

'"Ti" ydy hi rŵan felly?' Ysgydwodd y ddau ddyn ddwylo. Cododd y ddau eu cwpanau te. 'Iechyd da, hen ffrind,' meddai Dai, gan chwerthin.

'Iechyd da, Dai,' meddai Danny.

Roedd Danny'n dysgu'n gyflym sut i siarad â Dai. Dyfeisiodd y ddau nifer o arwyddion am bethau bob dydd. Bob nos byddai Dai'n canu ar lan y llyn ac ar ddydd Sul, esboniodd Dai ei fod yn mynd i'r capel yn y bore ac wedyn yn mynd i gael cinio efo'i chwaer briod yn y pentref.

'Dwi'n hoffi mynd i'r capel i ganu,' meddai. Roedd Danny eisiau gofyn sut roedd Dai yn gwybod pa nodyn i'w ganu. Yn y diwedd, ysgrifennodd 'do re mi' yn y tywod. Deallodd Dai. 'Wrth ddrws y capel cyn i'r gwasanaeth ddechrau, mae'r organyddes yn rhoi rhifau'r emynau i mi a nodyn i bob un – C neu B fflat ac ati. Pan fydd pawb yn sefyll ar gyfer yr emyn dwi'n dechrau canu ac mae'r organyddes a phawb arall yn ymuno â mi. Dwi erioed wedi colli'r nodyn – mae gen i draw perffaith meddan nhw. Wrth gwrs, mae hi'n haws yn y côr – yr arweinydd sydd yn dechrau'r canu.'

''Dach chi'n aelod o gôr, ydach chi?' gofynnodd Danny'n syn.

'Ydw, dwi'n unawdydd. Tenor ydw i. Mae'r côr yn ennill llawer o wobrau yn yr ardal yma.'

Doedd dim dwywaith amdani, meddyliodd Danny, roedd ei ffrind newydd yn ddyn rhyfeddol.

Geiriau newydd

archwilio – *to inspect*
atseinio – *to echo*
bawd – *thumb*
emyn – *hymn*
mud – *dumb*
nodyn – *key/note*
rhyfeddol – *remarkable*
traw – *pitch*
unawdydd – *soloist*

Pennod 16

Ar ôl pythefnos, awgrymodd Dai eu bod nhw'n mynd i'r dafarn nos Sadwrn. Doedd Danny ddim yn siŵr. 'Beth am yr heddlu?' holodd.

'Dydy plismon y pentref ddim yn mynd i'r dafarn. Mae o'n mynd o gwmpas y pentref ar gefn beic am hanner awr wedi deg ond byddwn ni ar y ffordd adref erbyn hynny.'

Roedd Dai'n awyddus i fynd, felly o'r diwedd cytunodd Danny. Roedd ei locsyn wedi tyfu a byddai'n gwisgo ei ddillad ei hun yn lle siwt Teddy.

'Dwi am fynd i weld fy ngwraig – mi fydd hi'n bryderus,' esboniodd Danny drwy ddefnyddio arwyddion.

Edrychodd Dai yn siomedig am funud. Roedd o'n mwynhau cwmni Danny. Nodiodd ei ben. 'Iawn, Danny. Pryd? Nos Sadwrn?'

Nodiodd Danny. 'Mae Llyn Crafnant yn lle hyfryd. Ga' i ddod yn ôl mewn ychydig ddyddiau?'

Gwenodd Dai yn swil. 'Siŵr iawn, Danny, â chroeso. Mi gei di aros drwy'r haf os wyt ti eisiau.' Pwnsiodd Danny fraich ei ffrind gan nodio a gwenu.

Ddydd Sadwrn, edrychodd Danny ar ei fap. Byddai'n cymryd oriau i gerdded i'r ficerdy. Paciodd ychydig o bethau yn ei fag cynfas.

Roedd Dai yn ddyn poblogaidd yn y dafarn ond roedd hi'n amlwg fod rhai pobl yn teimlo'n anghysurus yn ei gwmni. Doedden nhw ddim yn gwybod sut i siarad efo fo ac roedd y dynion lleol yn amau'r estron mud. Wrth gwrs, roedden nhw'n meddwl bod Danny'n fyddar hefyd, felly medrai o glywed popeth oedd y dynion yn ei ddweud amdano. Roedd Harri Siop Fara yno. Winciodd arno dros y bar. Cododd Danny ei law a gwenu. Pan ddechreuodd y canu, Dai oedd seren y sioe. Am chwarter wedi deg penderfynodd Danny gychwyn am y ficerdy. Aeth Dai â Danny at ddrws ffrynt y dafarn. Roedd y plismon yn sefyll wrth ei feic dros y ffordd. Tynnodd Dai Danny'n ôl a mynd â fo at y drws cefn.

Dilynodd Danny'r rheilffordd am ychydig ond doedd o ddim eisiau mynd i Gonwy. Trodd i'r dde. Roedd ochr arall Dyffryn Conwy yn serth iawn a doedd o ddim yn siŵr o'r ffordd. Pan dorrodd y wawr roedd Danny ar goll. Cyrhaeddodd fferm a gwelodd dŷ gwair. Roedd o'n rhy agos i'r ffermdy a dweud y gwir, ond roedd o wedi blino. Sleifiodd i mewn i'r tŷ gwair a dringo i ben y gwair. Fyddai neb yn gweithio yno ar ddydd Sul.

Deffrodd Danny yn ystod y prynhawn. Bwytodd dipyn o fara a chaws o'i fag. Medrai glywed plant yn chwarae yn yr iard. Symudodd i'w gwylio nhw drwy dwll yn ochr y tŷ gwair.

Awr yn ddiweddarach daeth y ffermwr â chert a cheffyl at ddrws y ffermdy. Daeth y teulu allan yn gwisgo eu dillad gorau. Roedden nhw'n mynd i'r capel neu i'r eglwys. Roedd hi'n dal i fod yn gefn dydd golau ond cymerodd Danny'r cyfle i ddianc. Roedd o eisiau cael gwybod lle roedd o cyn iddi hi dywyllu. Ymhen dwy filltir cafodd sioc pan welodd Lanfair Talhaearn o'i flaen. Roedd o bron â bod gartref. Cerddodd Danny drwy'r caeau y tu ôl i'r pentref. Roedd o'n mentro ond roedd o mor awyddus i weld Megan eto. Cuddiodd tu ôl i wrych i osgoi'r bobl oedd yn dod adref o eglwys Sant Elidir. Symudodd i'r fynwent i wylio'r ficer yn gadael yr eglwys.

Roedd ei galon yn curo fel gordd. Aeth i'r seler ac ar ben y grisiau gwrandawodd wrth ddrws y gegin. Roedd y ficer yn cael sgwrs â Megan. Arhosodd Danny tan i'r ficer fynd a churodd ar y drws. Roedd 'na dawelwch hir ac yna clywodd Danny Megan yn dweud 'Dos â hwn i'r ficer, Bryn bach.' Agorodd Megan y drws a rhuthro i freichiau Danny. Roedd o gartref.

Geiriau newydd

anghysurus – *uncomfortable*
cefn dydd golau – *broad daylight*
diweddarach – *later*
estron – *stranger*
gordd – *sledgehammer*
mentro – *to take a risk*
mynwent – *cemetery*
pryderus – *worried*
swil – *shy*
tawelwch – *silence*
tŷ gwair – *hay barn*

Pennod 17

Ar ôl cael rhyddid yn Llyn Crafnant, roedd Danny'n teimlo fel carcharor yn y seler. Gwnaeth y cyfrifon i Myfanwy, ond roedd o'n aflonydd. Penderfynodd fynd i Lyn Crafnant am weddill yr haf, a chytunodd Megan. Efallai byddai marwolaeth Albert wedi cael ei anghofio erbyn hynny. 'Ceisia ddod adref unwaith bob mis, Danny,' meddai Megan.

'Mi wna' i geisio, ond fedra' i ddim addo.' Cusanodd Danny hi. 'Dwi'n dy garu di, Megs!'

Roedd Dai wrth ei fodd pan welodd Danny eto. Un noson ar ôl cael brithyll am y trydydd tro yr wythnos honno, ysgrifennodd Danny 'Samwn?' yn y tywod.

'Mae llawer o samwn yn afon Conwy, ond mae'r beili dŵr yn eu gwarchod nhw,' meddai Dai. 'Wyt ti'n gwybod sut i botsio samwn?' Ysgydwodd Danny ei ben. Ceisiodd ddweud ei fod o'n awyddus i ddysgu. 'Pan oeddwn i'n llanc ifanc roeddwn i'n botsiwr da,' meddai Dai. 'Ond rŵan wrth gwrs, mae hi'n rhy beryglus. Fedra' i ddim clywed y beili na'i gi chwaith.'

'Os oes gen ti'r sgiliau, mae gen i'r clustiau,'

meddai Danny drwy ddefnyddio arwyddion.

Meddyliodd Dai am y peth am ychydig o funudau. 'Wel, does dim drwg mewn mynd am dro ar hyd llwybr yr afon ryw noson i weld beth mae'r beili dŵr yn ei wneud.'

Doedd 'mynd am dro' ddim mor syml â hynny. Byddai dau ddyn oedd yn edrych yn debyg i ddau dramp yn mynd am dro yng nghanol y nos yn edrych yn amheus i unrhyw un. Beth bynnag, gwyliodd y ddau y beili dŵr am bedair noson. Bob nos am dri o'r gloch byddai'n gorffwyso am hanner awr mewn cwt bach ger Trefriw, felly roedd yr afon o dan Ddolgarrog yn glir am awr neu awr a hanner.

Roedd gwaith alwminiwm mawr yn Nolgarrog efo llwybrau i fyny'r mynydd a llawer o lwybrau dianc eraill. Dysgodd Danny Dai sut i symud yn y tywyllwch heb wneud sŵn ac yn ystod y dydd, dysgodd Dai Danny sut i ddefnyddio'r gaff. Y tro cyntaf, daliodd Dai a Danny ddau samwn. Roedd llawer mwy yno, ond dywedodd Dai 'Dyna ddigon'. Ar y ffordd i Lyn Crafnant, esboniodd, 'Os byddwn ni'n cymryd digon i ni ein hunain, mae'n iawn, ond os byddwn ni'n ceisio gwerthu'r samwn i westy neu unrhyw un arall, bydd pobl yn dechrau siarad, a dyna sut mae potswyr yn cael eu dal.'

Nid Dai a Danny oedd yr unig botswyr ar yr afon wrth gwrs, a'r trydydd tro buon nhw'n lwcus iawn. Clywodd Danny sŵn yn ymyl ei hoff le potsio a chuddiodd y ddau ohonyn nhw yn yr hesg hir. Roedd y beili dŵr wedi dal potsiwr a gwrandawodd Danny wrth iddo arwain y dyn i ffwrdd. Roedd y ci'n cyfarth ac yn rhedeg ar ôl dyn arall, ond pan oedden nhw wedi mynd, aeth Danny a Dai i'r afon a dal tri samwn – un ychwanegol i'w roi i chwaer Dai.

Roedd gwaith ar gael ar y ffermydd lleol efo'r gwair ac aeth Dai â Danny efo fo. Cwpl rhyfedd oedden nhw, meddyliodd y ffermwr, ond roedd o'n gwybod bod Dai yn weithiwr da a sylwodd fod ei ffrind mud yn weithiwr da hefyd. Cawson nhw bythefnos ar un fferm, pythefnos ar un arall, ac wythnos yn rhywle arall. Rhwng gweithio, potsio, hela cwningod a physgota yn y llyn, doedd dim amser gan Danny i fynd yn ôl i weld Megan.

Yn sydyn roedd hi'n ganol mis Medi a dechreuodd Danny deimlo'n euog. 'Mae'n rhaid imi ymweld â fy ngwraig yn fuan,' meddai. Roedd hi'n bwrw glaw yn ofnadwy y bore hwnnw ac roedd y dŵr yn diferu drwy do'r cwt.

'Ydy hi'n gynnes yn dy seler di?' gofynnodd Dai.

'Ydy wir,' nodiodd Danny.

'Da iawn,' meddai Dai. 'Dwi ddim yn hoffi bod yn oer yn y gaeaf. Dwi'n aros efo fy chwaer yn Nhrefriw o fis Tachwedd tan ganol mis Mawrth. Dwi'n dod yma weithiau i drwsio'r cwt ar ddyddiau braf.'

Ar ddiwedd mis Medi aeth Danny'n ôl i'r ficerdy. Roedd Megan yn falch o'i weld ond roedd hi'n edrych yn flinedig. Roedd rhywbeth o'i le. Dwedodd Megan fod Myfanwy yn wallgof. 'Mae hi'n siŵr fod Dad yn caru ar y slei efo Elsie, tenant yr hen siop.'

Chwarddodd Danny. 'Pwy fyddai eisiau mynd i'r gwely efo hen ddyn budr fel Robert Wyn Jones?'

'Mae o wedi newid Danny – mae o'n cael bàth bob wythnos.'

'A phwy sydd eisiau mynd i'r gwely efo dyn cryf ifanc?' gofynnodd gan ei chofleidio hi. Synnodd Danny o weld nad oedd Megan yn ymddangos yn awyddus iawn. Oedd rhywbeth arall o'i le?

'Mi fydda i'n ceisio dod i dy weld ti heno, Danny bach,' gwenodd Megan yn wan.

Yng ngwely Danny y noson honno, dechreuodd Megan grio.

'Be sy' o'i le Megan fach?' holodd Danny.

'Wyt ti'n cofio bod yn y gwely 'ma ddiwedd mis Mehefin?'

'Ydw, pam?'

'Dwi'n meddwl 'mod i'n disgwyl eto.'

Geiriau newydd

aflonydd – *restless*
beili – *bailiff*
carcharor – *prisoner*
cyfarth – *to bark*
diferu – *to drip*
euog – *guilty*
hesg – *rushes*
llanc – *youth*
rhyddid – *freedom*
trwsio – *to mend*
ychwanegol – *extra*

Pennod 18

Roedd Danny wrth ei fodd, ac wrth gwrs, roedd yn rhaid iddo ddod allan o'i guddfan ar unwaith. 'Mi ddo' i i fyny'r ffordd bore fory, a dweud "dyma fi". Does dim ots beth fydd pobl yn ei ddweud.'

Meddyliodd Megan am funud. 'Nid yfory Danny. Mae'n ddydd Sadwrn, ac mae Dad yn dod adref nos fory. Arhosa tan ddydd Llun. Mae'n well iti osgoi Dad, am wythnos beth bynnag.'

Cytunodd Danny. Fyddai diwrnod neu ddau ddim yn gwneud gwahaniaeth. Ond buodd ffrae waeth nag erioed yng Nghefn Carreg nos Sadwrn. Roedd Myfanwy wedi dweud wrth Robert ei bod hi'n amau ei fod o'n caru ar y slei efo Elsie. Gwrthododd Robert wrando a gwadodd bopeth. Dechreuodd y ddau weiddi ar ei gilydd yn y gegin ac yn y diwedd taflodd Myfanwy blât at Robert. Trawodd y plât ochr pen Robert a gwelodd Megan waed yn rhedeg i lawr wyneb ei thad. Cododd Robert ei law at ei dalcen ac edrychodd ar ei fysedd mewn dychryn.

'Yr hen wrach!' gwaeddodd. 'Mi gei di dalu am hyn!' Estynnodd ei fag dogfennau a thynnodd bapurau allan. Chwifiodd y papurau yn wyneb Myfanwy. 'Dyma'r dogfennau ynglŷn â'r siop. Dwi'n bwriadu eu rhoi nhw yn enw Elsie.'

Rhuthrodd Myfanwy ar draws yr ystafell i geisio gafael yn y papurau. 'Mi brynaist ti'r siop efo'r pres wnest ti ei ddwyn oddi arna' i. Y lleidr! Yr hen ddiawl!' Aeth Myfanwy'n wyllt a dechrau taro Robert efo coes brws.

'Peidiwch, Mam, peidiwch!' gwaeddodd Megan.

Chwarddodd Robert gan redeg at y grisiau. 'Dwi'n mynd at y cyfreithiwr fore dydd Mawrth. Fedri di ddim fy stopio rhag arwyddo.' Rhedodd i fyny'r grisiau. Ar ben y grisiau gwaeddodd, 'Dwi ddim eisiau aros yn y tŷ yma am funud arall. Dwi'n mynd i bacio fy mhethau.' Clepiodd ddrws yr ystafell wely ar ei ôl.

Rhuthrodd Myfanwy i fyny'r grisiau a dilynodd Megan hi. 'Rwyt ti'n dod â chywilydd i enw'r teulu,' sgrechiodd Myfanwy.

Agorodd Robert y drws. 'Dydy hwn erioed wedi bod yn deulu. Dim ond ti a dy ferch dwp. Hi sydd wedi dod â chywilydd i enw'r teulu efo'i babi Canadaidd. Mae hi'n slwten fach, fel ei mam efo'r ficer!'

Rhoddodd Myfanwy fonclust iddo. Rhoddodd Robert ergyd iddi a daeth Megan rhyngddyn nhw.

'Peidiwch, chi'ch dau! Mi fydd Bryn yn deffro.' Roedd hi'n gwybod bod Bryn yn cysgu fel twrch yn y llofft uwchben.

Gwthiodd Robert Megan. 'Symud o'r ffordd, yr ast wirion.' Aeth yn gyflym i nôl ei fag o'r ystafell wely. Ceisiodd Megan ei gadw rhag cyrraedd y drws ond pwniodd Robert hi yn ei bol. Daeth Robert allan o'r ystafell. Trawodd Myfanwy eto a gwthiodd Megan o'r ffordd. Llithrodd Megan a syrthio i lawr y grisiau. Gorweddodd yn llonydd wrth droed y grisiau.

'Edrycha beth rwyt ti wedi ei wneud, Robert Jones!' sgrechiodd Myfanwy. Gwthiodd Robert Myfanwy yn ôl a rhedeg i lawr y grisiau gan gamu dros Megan. 'Mi ei di i Uffern am hyn!' gwaeddodd Myfanwy.

'Wela i di yno 'ta!' gwaeddodd Robert ac aeth allan gan glepian y drws ar ei ôl.

Clywodd Myfanwy injan y fan yn dechrau, ac aeth i lawr y grisiau. 'Wyt ti'n iawn Megan fach? Oes unrhyw esgyrn wedi eu torri?'

'Dwi wedi troi fy ffêr,' sibrydodd Megan. 'Ond dwi'n meddwl . . . dwi'n meddwl fy mod i wedi colli'r babi.' Medrai Myfanwy weld y gwaed yn barod.

'Babi? Pa fabi? Wyt ti'n disgwyl?'

Treuliodd Megan y noson yn eistedd ar fwced dun yn y gegin. Doedd hi erioed wedi gweld cymaint o waed. Roedd hi'n gwaedu clotiau anferth. Roedd hi'n anodd dweud pa un ohonyn nhw oedd y babi. Dwedodd Myfanwy dro ar ôl tro, 'Fi sy' ar fai, fi sy' ar fai.'

'Nage, Mam, nage,' atebodd Megan bob tro.

Cyn iddi wawrio roedd y clotiau wedi peidio ond roedd Megan yn dal i waedu. 'Mi wna' i anfon am y meddyg neu'r nyrs yn y bore,' meddai Myfanwy.

'Na, Mam, dwi jyst eisiau cysgu.' Rhoddodd Myfanwy glwt i Megan ac aeth â hi i'w hystafell wely. 'Dwedwch wrth Danny,' meddai Megan yn drist wrth iddi syrthio i gysgu.

Geiriau newydd

bonclust – *clout*
camu – *to step*
clepian – *to bang*
cysgu fel twrch – *to sleep like a boar (idiom)*
cywilydd – *shame*
dogfen – *document*
ergyd – *blow*
gwadu – *to deny*
gwrach – *witch*
llithro – *to slip*
talcen – *forehead*
uffern – *hell*

Pennod 19

Ond doedd dim angen dweud wrth Danny. Roedd o wedi bod allan yn ymweld â'i filltir sgwâr ac ar y ffordd adref gwelodd olau yng nghegin Cefn Carreg a sylwi bod fan Robert Wyn Jones wedi mynd. Curodd ar y ffenest ac agorodd Myfanwy'r drws.

'Beth sy'n bod Myfanwy? Lle mae Mr Jones? Ydy Megan yn iawn?' Syllodd ar y llanast yn y gegin. 'Beth ddigwyddodd?'

'Mae'n ddrwg gen i Danny, mae hi wedi colli'r babi. Fi sy' ar fai.'

'Lle mae hi?' holodd Danny, ei galon yn suddo.

'Mae hi'n cysgu rŵan. Mi ddweda' i wrthoch chi beth ddigwyddodd . . . ' Ond roedd Danny wedi rhedeg i fyny'r grisiau.

Roedd Megan yn edrych mor welw ag ysbryd. Gafaelodd Danny yn ei llaw ac agorodd Megan ei llygaid. 'Mae'n ddrwg gen i Danny.' Cusanodd Danny hi.

'Nid ti sy' ar fai, Megs. Wyt ti'n iawn? Dyna'r peth pwysicaf.'

'Mi fydda i'n iawn. Dwi eisiau cysgu am byth.' Caeodd ei llygaid eto.

Daeth Myfanwy â phaned o de i Danny. 'Mae'n rhaid i chi fynd, Danny. Mae'r merched yn dod i weithio yn y llaethdy ac mi fydd Bryn yn deffro mewn munud. Mae Betsan ar ei ffordd hefyd.'

'Dwi'n aros yma, Myfanwy,' meddai Danny'n bendant. 'Anfonwch Betsan i'r ficerdy neu rywle arall. Dydw i ddim yn symud.'

Clywodd lais yr hogyn bach tu allan i'r drws. 'Lle mae Mam?'

'Mae hi'n sâl bore 'ma, 'ngwas i. Tyrd i gael brecwast – tyrd i weld Betsan,' meddai Myfanwy, a chlywodd Danny sŵn traed bach yn mynd i lawr y grisiau. Roedd Danny'n ddigalon. Roedd ei fab ychydig lathenni i ffwrdd ond doedd o ddim yn cael ei weld o.

Awr wedyn, aeth y tŷ'n dawel. Daeth Myfanwy yn ôl i ystafell Megan. 'Sut mae hi?'

'Mae hi'n dal i gysgu.'

''Dach chi eisiau tipyn o frecwast yn y gegin?'

Dros frecwast, dwedodd Myfanwy beth oedd wedi digwydd y noson cynt. Roedd Danny'n wallgof. 'Mi ladda' i'r bastad,' meddai'n flin.

'Mi wna' i eich helpu chi.' Dechreuodd Myfanwy siarad am Elsie, y siop a'r pres

'Does gen i ddim diddordeb yn eich problemau chi, Myfanwy. Meddwl am fy ngwraig ydw i rŵan.'

'Mae'n ddrwg gen i, Danny. Fi sy' ar fai.'

'Nage, Myfanwy, peidiwch â dweud hynna.' Safodd ar ei draed. 'Dwi eisiau bod yno pan fydd hi'n deffro.'

'Fedra' i ddim cadw Betsan a Bryn yn y ficerdy drwy'r dydd, Danny. Mae'r ficer yn mynd i weld ei frawd heddiw am ychydig ddyddiau. Bydd y car yn cyrraedd am un ar ddeg. Mae'n rhaid ichi geisio cysgu.'

'A chithau, Myfanwy.' Sylweddolodd fod Myfanwy wedi diffygio.

Pan ddeffrodd Megan, roedd hi'n wan iawn. 'Wyt ti eisiau gweld nyrs neu feddyg, cariad?'

'Dim diolch, Danny. Ond byddai paned yn neis. Un boeth efo llawer o siwgr. A Danny – gofynna i Mam am glwt arall.'

'Mae dy fam wedi mynd i'r ficerdy. Lle mae'r clytiau?'

Cafodd Danny sioc pan welodd y gwaed ar y clwt ollyngodd Megan i'r pot dan y gwely. 'Dwi'n siŵr dy fod ti eisiau meddyg. Dwi'n mynd i ladd dy dad.'

'Na, Danny – pa help fyddai hynny? A dwi ddim eisiau meddyg, dim ond gwaed ydy o. Mae'r gwaethaf drosodd. Paid â phoeni Danny, mi fedrwn ni gael babi arall ac mae Bryn gynnon ni. Lle mae o, gyda llaw? Mi fydd o eisiau fy ngweld i cyn bo hir.'

'Mae o yn y ficerdy efo Betsan. Oes rhywbeth medra' i ei wneud?'

'Dwi jyst eisiau cysgu, cariad. Ceisia dithau gysgu. Tyrd yn ôl ar ôl iddi dywyllu.'

Dringodd Danny drwy'r ffenest a sleifiodd i'r seler. Cysgodd am awr neu ddwy gan freuddwydio am waed. Gwaed y dynion yn y ffosydd, gwaed Jackson yn afon Dyfrdwy, gwaed Albert yn y seler, gwaed samwn ar gerrig yng nghanol afon Conwy, gwaed Megan yn llif dros bobman. Roedd o'n boddi mewn afonydd o waed. Deffrodd yn chwys oer i gyd.

Doedd neb o gwmpas yn y ficerdy. Aeth Danny i fyny'r grisiau i lyfrgell y ficer. Oedd 'na lyfrau newydd ar ei ddesg? Papurau newydd. Cafodd Danny gip arnyn nhw. Llyfr gan Arnold Bennett; roedd o'n rhy drwm i Danny. Nofel gan Kate Roberts; doedd ei Gymraeg ddim yn ddigon da i ddarllen honno. G.K. Chesterton; roedd Danny'n hoffi Father Brown. Eisteddodd yng nghadair freichiau'r ficer a dechrau darllen.

Pan oedd gweithwyr y fferm yn dechrau gadael, aeth Danny i ystafell oedd yn edrych dros fynedfa'r fferm. Gwyliodd nhw tan iddo weld Betsan. Hi oedd yr olaf i fynd fel arfer. Roedd Father Brown wedi rhoi syniad iddo am sut i ddial ar Robert Wyn Jones. Arhosodd am awr arall. Gwelodd olau ystafell Bryn yn cael ei ddiffodd ac aeth i'r fferm. Fyddai neb yn amau offeiriad.

Geiriau newydd

chwys – *sweat*
dial – *revenge*
gollwng – *to drop*
milltir sgwâr – *old haunts (idiom)*
offeiriad – *priest*

Pennod 20

Roedd Megan yn cysgu pan gyrhaeddodd Danny'r fferm.

''Dach chi eisiau bwyd, Danny?' Cynnig bwyd oedd ffordd arferol Myfanwy o gymodi.

Ar ôl iddo fwyta dwedodd Danny, 'Mae gen i syniad, Myfanwy. Dwedwch wrtha' i eto am Mr Jones, ei denant, y siop a'r dogfennau.' Doedd y manylion ddim yn bwysig i Danny, ond roedd o eisiau lladd Robert Wyn Jones a byddai arno angen help Myfanwy. Medrai Myfanwy siarad am y peth am oriau, roedd hynny'n amlwg. O'r diwedd, holodd,

'Beth ydy'ch syniad chi, Danny?'

Dwedodd Danny wrthi, a gorffennodd, 'Dwi ddim yn addo dim byd, dwi ddim yn siŵr beth wna' i ddarganfod, ond dwi'n siŵr medra' i dynnu blewyn o'i drwyn o.' Wnaeth Danny ddim dweud ei fod o'n bwriadu lladd Robert Wyn Jones.

'Gawn ni ddweud wrth Megan?' awgrymodd Myfanwy.

Roedd Megan yn poeni ond roedd hi'n rhy wan i ddadlau. 'Cymer ofal, Danny, a phaid â gwneud dim byd twp.' Arhosodd Danny efo Megan am gyfnod, ac wedyn aeth yn ôl i'r seler.

Yn gynnar fore trannoeth, aeth Myfanwy i lawr i'r ficerdy gan adael Bryn efo Betsan. Roedd hyn fel gêm o chwarae cuddio, meddyliodd Danny. Tasai Betsan ddim mor ddiniwed basai hi'n amau rhywbeth. Aeth Myfanwy â Danny i ystafell wisgo'r ficer. Ymhen hanner awr roedd Danny'n cerdded i lawr y ffordd i Abergele yn gwisgo hen gasog a hen het wellt Eidalaidd y ficer, mantell fer ddu, croes fawr ar ei frest, a belt efo llaswyr yn hongian oddi arno. Doedd Myfanwy ddim yn siŵr am y groes a'r belt. 'Dwi erioed wedi gweld y ficer yn gwisgo'r groes i fynd i'r dref,' meddai, 'ac wn i ddim o ble mae'r llaswyr wedi dod chwaith. 'Dach chi'n edrych fel Pabydd.' Ond roedd y gasog yn rhy hir heb felt, a doedd dim ots gan Danny os oedd o'n edrych fel Pabydd am ddiwrnod. Wedi'r cyfan, Pabydd oedd o flynyddoedd yn ôl. Roedd ganddo ffon yn ei law a bag cynfas ar ei ysgwyddau – offeiriad ar wyliau dringo oedd o.

Ddwy filltir y tu allan i Abergele, cafodd Danny ei broblem gyntaf. Roedd dyn yn dod i fyny'r ffordd ar gefn ceffyl. Doedd Danny erioed wedi cyfarfod Major Evans ond roedd o'n medru adnabod y dillad. Roedd o wedi dwyn ei siaced Norfolk arall, ac roedd o wedi rhoi moron i'w geffyl yn aml. Cadwodd Danny ei ben i lawr. Arhosodd y Major.

''Morning padre, Nice morning for a stroll,' gwenodd gan gyffwrdd â'i het efo'i chwip hela. Gwthiodd y gaseg ei thrwyn at Danny i chwilio am foron. Camodd Danny'n ôl.

'Bore da,' meddai'n nerfus.

'O! Cymro 'dach chi. Does dim llawer o offeiriaid Pabyddol sy'n Gymry. Oes ofn ceffylau arnoch chi, *padre*?'

'Oes,' atebodd Danny gan geisio dianc, ond doedd y Major ddim ar frys.

'Dwi'n gweld eich bod chi'n ddyn y fyddin,' meddai, gan bwyntio at esgidiau Danny.

'Ydw wir,' meddai Danny. 'Esgusodwch fi – dwi ddim eisiau colli fy nhrên. Da b'och chi!'

'Wel, *padre*, mae gynnoch chi acen ryfedd! 'Dach chi ddim yn Gymro wedi'r cyfan!' meddai'r Major. 'Ond mae eich Cymraeg yn dda iawn. O ble 'dach chi'n dod?'

Brysiodd Danny i ffwrdd gan wenu a chyffwrdd â'i het. 'Bendith Duw arnoch chi fy mab!' Gwnaeth Danny arwydd y groes i gyfeiriad y Major.

'Hrrmp,' clywodd Danny y tu ôl iddo. 'Fy mab! Am wyneb!'

O ble ddaeth Danny? Cwestiwn da. Roedd hi'n amlwg nad oedd o'n Gymro. Beth oedd o'i le ar ei acen?

Bum munud wedyn, daeth ffermwr a cheffyl a chert allan o gae. Sylwodd Danny fod y gert yn wag. Byddai lifft i Abergele yn braf. Gan gyffwrdd â'i het dwedodd, 'Bore da, fy mab. 'Dach chi'n mynd i Abergele?'

Edrychodd y dyn arno'n gas. Syllodd ar y belt a'r groes. 'Offeiriad Pabyddol 'dach chi?'

'Ie,' gwenodd Danny.

'Dwi ddim yn fab i chi a dwi ddim yn mynd i Abergele,' meddai'r dyn yn bendant.

'Da b'och chi, fy mab,' meddai Danny. Arafodd y ffermwr y ceffyl i adael i Danny fynd heibio.

'Ewch yn ôl i Rufain!' gwaeddodd y dyn.

Bron i Danny redeg i ffwrdd. Efallai ei fod o wedi gwneud camgymeriad. Roedd hi'n ymddangos bod offeiriaid Pabyddol yn amhoblogaidd yn yr ardal yma. Cyrhaeddodd yr orsaf a phrynodd docyn i'r Rhyl. Roedd y trên nesaf yn cyrraedd mewn deng munud. Eisteddodd ar sedd bren i aros. Roedd o'n siŵr fod pawb arall ar y platfform yn ei osgoi o. Yn sydyn, daeth grŵp o ferched ysgol drwy'r giât efo llawer o fagiau. Gwelon nhw Danny a dechrau sibrwd wrth ei gilydd. Rhuthrodd dwy ohonyn nhw'n ôl at eu hathrawes gan glebran a phwyntio at yr offeiriad. Brysiodd yr athrawes draw.

'Father, what a lovely surprise for us to see one of our own in this place.' Acen Wyddelig gref oedd ganddi. Dyna'r ateb i broblem Danny. Os oedd rhywun yn gwybod sut i fod yn offeiriad Gwyddelig, Danny oedd o. Roedd o wedi cael ei fagu gan hen ddigon ohonyn nhw.

'Top o' the morning to you Miss er . . . er . . . and God bless you and your little girls. Are you on holiday here?' Roedd o'n swnio'n union fel y Tad McGuire o Fontreal. Rhoddodd Danny wên ffals y Tad McGuire iddi hefyd.

Roedd y grŵp ysgol yn dod o Firmingham. Ar eu ffordd adref oedden nhw. Holodd Miss Clancy ble roedd plwyf Danny. Yn Lerpwl, atebodd Danny. Yn anffodus, roedd gan Miss Clancy frawd oedd yn offeiriad yn Lerpwl. Byddai Danny'n adnabod ei brawd, siŵr o fod. Fuodd Miss Clancy erioed yn Lerpwl? Naddo. Diolch byth – na finnau, meddyliodd Danny. Ym mha blwyf roedd y Tad Clancy yn gweithio? St Michaels? O, da iawn.

Roedd Danny'n siŵr ei fod o wedi cyfarfod â'r Tad Clancy. Felly, beth oedd enw plwyf Danny? Doedd gan Danny ddim syniad – ond roedd milwr yn y gwersyll wedi bod yng ngharchar Bridewell yn Lerpwl unwaith. Daeth St Bride's yn blwyf i Danny. Lle roedd y trên? 'Os gweli Di'n dda Duw, wyt Ti'n fy nghofio fi o'r hen ddyddiau? Lle mae'r trên?' gweddïodd Danny. Daeth y trên yn syth. 'Diolch i Ti, Dduw,' sibrydodd.

Gwnaeth Danny esgus i eistedd ar wahân i'r merched. Roedd o eisiau gweddïo ar ei ben ei hun dros y Cymry oedd wedi colli'r wir ffydd. Roedd y merched yn sefyll yn ddistaw gan syllu ar Danny efo parch – y parch roedd o wedi ddisgwyl ei gael oddi wrth bawb arall.

'Will you give us your blessing before we go Father?' gofynnodd Miss Clancy. Heb drafferth, daeth geiriau'r hen fendith Ladin yn ôl i'w gof. Gwnaeth Danny arwydd y groes a dianc i gefn y trên gan godi ei law a gwenu ar y merched.

Geiriau newydd

am wyneb – *what a cheek*
arafu – *to slow*
bendith – *blessing*
carchar – *prison*
caseg – *mare*
clebran – *to chatter*
cymodi – *to make peace/reconcile*
chwarae cuddio – *hide and seek*
chwip hela – *hunting crop*
diniwed – *simple/innocent*
ffon – *stick*
ffydd – *faith*
gweddïo – *to pray*
Gwyddelig – *Irish*
llaswyr – *rosary*
mantell – *cape*
manylion – *details*
Rhufain – *Rome*
tynnu blewyn o drwyn – *to put someone in his place (idiom)*

Pennod 21

Yn y gorffennol, rhywle i feddwi a thref dan warchae gan filwyr o Ganada oedd y Rhyl i Danny. Roedd y dref yn edrych yn wahanol y dyddiau hyn – yn brysur ac yn llwyddiannus. Roedd Myfanwy wedi dweud wrth Danny lle roedd siop Robert Wyn Jones. Roedd siop Elsie drws nesaf a fflat Elsie uwchben y ddwy siop. Roedd gan y cyfreithiwr – Michael Williams, oedd wedi priodi gweddw Albert Griffiths – swyddfa yn yr un stryd. Ond a dweud y gwir, doedd gan Danny ddim syniad beth i'w wneud nesaf. Sut medrai o gael gwared ar Robert Wyn Jones?

Yn ôl Myfanwy, roedd hi'n debyg y byddai Robert yn mynd at y cyfreithiwr amser cinio, am hanner dydd. Roedd hi'n un ar ddeg rŵan. Waeth iddo fynd i weld siop Robert Wyn Jones. Cafodd yr offeiriad rhyfedd efo locsyn coch lawer o sylw yn y dref. Roedd y rhan fwyaf o bobl yn edrych y ffordd arall, ond dwedodd ychydig ohonyn nhw *'Good morning, father'* wrtho. Pabyddion da, roedd hi'n amlwg. Safodd Danny y tu allan i *Betty's Tea Rooms* ar gornel y stryd i edrych ar siop Robert

Wyn Jones. *Robert Wyn Jones, High Class Grocer* meddai'r arwydd mewn llythrennau aur. *Mayfair Gowns (prop. E. Radcliffe-Hunt)* meddai'r arwydd drws nesaf. Roedd llwybr cul yn arwain i gefn y siopau yn ymyl siop Elsie.

Aeth Danny heibio i *Mayfair Gowns* ac edrychodd drwy'r ffenest. Roedd gwraig yn ei thridegau â gwallt golau yn sefyll y tu ôl i'r cownter. Cafodd Danny sioc. Roedd wyneb y ddynes yn gyfarwydd. Gwelodd y ddynes Danny a gwenodd arno. Oedd hi'n Babyddes? Gan gyffwrdd â'i het, brysiodd Danny i ffwrdd.

Aeth Danny i mewn i siop Robert Wyn Jones. Roedd gŵr smart efo mwstásh braf a ffedog hir wen yn torri cig moch i gwsmer. Roedd dau ddyn ifanc yn gweini ar gwsmeriaid eraill. Roedd popeth yn ei le ac roedd y siop yn lân a thaclus. Roedd hi'n edrych yn *high class* iawn i Danny. Ond lle roedd Robert Wyn Jones y perchennog? Efallai ei fod o yn yr ystafell gefn? Roedd drws yno efo *Office* arno. Cerddodd Danny ar hyd y siop i edrych ar fodel pren o hogyn bach du oedd yn gafael mewn hambwrdd efo bocs o fisgedi arno. Clywodd rywun yn dweud 'Diolch yn fawr ichi, Mr Jones,' a throdd yn gyflym. Yn rhy gyflym. Roedd ei fantell wedi taro'r hogyn bach du drosodd, a syrthiodd bisgedi dros bobman ar y llawr. Robert Wyn Jones oedd y dyn smart efo'r mwstásh!

'Very sorry,' meddai Danny. *''Tis a clumsy fool I am!'*

Daeth Robert Wyn Jones draw ato. *'That's quite alright sir, accidents will happen. Can I get you anything?'* Roedd un o'r dynion ifanc yn clirio'r bisgedi yn barod.

''Tis a bar o' chocolate I'm after having. D'y have any chocolate?' Dewisodd Danny siocled *Five Boys*, er cof am Albert Griffiths.

Edrychodd Robert Wyn Jones arno'n ofalus. *'Thank you sir, and have a good holiday.'*

'Thank you – 'tis a fine shop you have here. God bless you, my son.'

Ceisiodd Danny gerdded yn araf allan o'r siop, gan gyffwrdd â'i het i'w dad-yng-nghyfraith. Oedd Robert Wyn Jones wedi ei adnabod o? Go brin, ond byddai'n ei adnabod y tro nesaf. Roedd o wedi gwneud llanast o bopeth.

Trodd Danny i lawr y llwybr cul, gan chwysu dan y fantell drom. Pwysodd yn erbyn y ffens y tu ôl i'r siopau a sylwodd fod 'na fynwent ac eglwys y tu ôl i'r ffens.

Roedd grisiau yn mynd i fyny i fflat Elsie ac roedd y giât gefn ar agor. Doedd neb o gwmpas. Yn gyflym rhedodd Danny i fyny'r grisiau. Roedd y drws wedi ei gloi ond roedd y ffenest ar agor. Tynnodd ei fantell a'i fag a'u taflu drwy'r ffenest. Dringodd i mewn. Roedd y gegin bron yn wag. Felly, doedd Elsie ddim yn gogyddes, ond pwy oedd hi? Cymerodd Danny dipyn o hen gaws o'r cwpwrdd cig. Doedd 'na ddim bara ond gwelodd focs bisgedi o siop Robert Wyn Jones. Cymerodd lond dwrn o fisgedi.

Aeth i'r ystafell fyw. Roedd hi fel siop ddodrefn, yn llawn o gadeiriau oedd yn edrych yn anghysurus. Chwiliodd Danny am rywbeth fyddai'n dweud wrtho pwy oedd Elsie. Roedd bwrdd yn y gornel yn llawn o boteli – brandi, rwm, wisgi a diodydd eraill.

Cymerodd Danny lond ceg o frandi. Yn ymyl y soffa roedd bag gwau. Edrychodd Danny ynddo. O dan y peli gwlân a'r gweill, roedd 'na wn. Rhyfedd iawn. Pam oedd Elsie eisiau gwn? Roedd o'n debyg i hen wn swyddog o'r rhyfel. Roedd bwled ynddo ond go brin ei fod o'n gweithio rŵan. Aeth at y ffenest.

Roedd hi bron â bod yn hanner dydd. Drwy'r llenni les, medrai Danny weld y stryd. Ar ochr arall y stryd, ychydig o ddrysau i'r dde, gwelodd arwydd *Williams and Bracknell, Solicitors*. Clywodd sŵn drysau'n cael eu cau yn y siopau odano fo. Ddau funud wedyn roedd Robert ac Elsie'n sefyll ar y palmant yn aros i groesi'r ffordd. Roedd Robert Wyn Jones yn cario bag dogfennau. Roedden nhw ar eu ffordd at y cyfreithiwr a doedd dim byd medrai Danny ei wneud. Ond fraich ym mraich, trodd y ddau i'r chwith! Roedden nhw'n cael tipyn o ddadl. Roedd Elsie'n tynnu Robert i'r dde ac roedd Robert yn tynnu Elsie i'r chwith. Robert enillodd ac aeth y pâr i *Betty's*. Fyddai dim byd yn digwydd am hanner awr.

Aeth Danny i'r ystafell wely. Am olwg! Coch ac aur oedd popeth yno – y waliau, y llenni a hyd yn oed y gwely. Roedd y lle yn edrych fel puteindy eilradd i Danny. Ar y bwrdd gwisgo roedd llawer o boteli persawr, bocsys o bowdr a phaent a digon o lwch. Edrychodd Danny drwy ddroriau'r bwrdd gwisgo. Roedd dau gwpwrdd dillad mawr yn yr ystafell. Agorodd Danny un ohonyn nhw – roedd o'n llawn o ddillad smart. Roedd y cwpwrdd arall wedi ei gloi, ond roedd Danny'n medru agor y clo yn hawdd. Roedd y cwpwrdd yn llawn o wisgoedd ffansi a llond silff o hetiau uwchben. Gwisgoedd swyddogion rhyfel – Almaenaidd a Phrydeinig, dillad offeiriaid a lleianod, siaced hela goch a het galed i'w gwisgo efo hi, dillad *can-can* i ferched, ffedog a sgert morwyn. Ffedog morwyn – dyna fo! Cofiodd pwy oedd hi.

Geiriau newydd

chwysu – *to sweat*
eilradd – *second class*
gwag – *empty*
gwarchae – *siege*
gwau – *to knit*
gweill – *knitting needles*
gweini – *to serve/wait on*
gwisgoedd – *uniforms*
lleianod – *nuns*
llond dwrn – *handful*
llwch – *dust*
persawr – *perfume*
puteindy – *brothel*
waeth – *might as well*

Pennod 22

Roedd hi'n berchennog clwb swyddogion yn Llandudno ar ôl y rhyfel. Eloise oedd ei henw yn y dyddiau hynny. Medrai Danny gofio mynd i Glwb Eloise weithiau pan oedd o'n yrrwr i'r grŵp o swyddogion. Doedd y clwb yn ddim ond puteindy ym marn Danny. Wrth gwrs, doedd y gyrrwr ddim yn cael mynd i mewn ond roedd o wedi edrych drwy'r ffenest unwaith. Gwelodd swyddog ar ei bedwar yn gwisgo siaced hela goch a het galed ac roedd Eloise ar ei gefn mewn dillad morwyn Ffrengig, yn ei chwipio efo chwip hela. Roedd Danny'n ei ddyblau ar y pryd. Edrychodd o gwmpas yr ystafell. Fedrai o ddim credu'r peth. Oedd Robert yn fodlon rhoi ei siop i ffwrdd am hyn? Roedd o'n wallgof. Oedd o'n gwybod bod Elsie yn *madame* puteindy? Go brin. Gweddw ryfel, dyna ddwedodd o wrth Myfanwy.

Yn sydyn clywodd Danny sŵn yn y fflat. Gwthiodd ei fantell a'i fag i mewn i'r cwpwrdd gwisg ffansi a dringodd i mewn.

'Do you want a drink, Robert?' Daeth llais Elsie o'r ystafell fyw.

'No thank you dear, but there is something else I'd like.'

Clywodd Danny Elsie yn piffian chwerthin ac yn dweud wrth Robert ei fod o'n hogyn drwg. Roedd hi'n mynd i *'fix her face,'* meddai, a gofynnodd Robert a oedd o'n cael dod i'r ystafell wely efo hi. Chwarddodd Elsie ond gwrthododd – byddai'n cymryd mantais ar wraig weddw druan, meddai.

Daeth Elsie i mewn i'r ystafell wely gan gau'r drws ar ei hôl. Trwy grac yn y pren gwyliodd Danny hi'n eistedd wrth y bwrdd gwisgo. Tynnodd wyneb cas arni ei hun a rholiodd ei llygaid tua'r nefoedd yn y drych. Llyncodd wydraid o frandi a dechrau gweithio ar ei hwyneb. Doedd dim dwywaith amdani – Eloise oedd hi. Gadawodd yr ystafell ac ar ôl llawer o chwerthin a herian ar ran Elsie, clywodd Danny hi'n rhoi caniatâd i Robert i ddod yn ôl ar ôl ei waith. Clepiodd y drws cefn.

Gwych! Byddai Danny'n aros yn y fflat a wynebu Elsie a Robert efo'r ffeithiau ynglŷn â bywyd Elsie pan fydden nhw'n dod yn ôl. Byddai Elsie'n gwybod sut i gadw Robert ar dennyn ac roedd Danny'n siŵr nad oedd o erioed wedi bod yng ngwely Elsie. Cysgodd Danny dan ei fantell ar y soffa am awr neu ddwy. Am chwech o'r gloch roedd o'n cuddio yn y cwpwrdd gwisg ffansi eto. Tasai Elsie eisiau cadw ei chôt mae'n debyg byddai hi'n defnyddio'r cwpwrdd arall. Roedd Danny'n boeth iawn yn y cwpwrdd.

O'r diwedd, cyrhaeddodd y ddau ohonyn nhw yn ôl. Ar unwaith, dechreuodd Robert geisio perswadio Elsie i fynd i'r ystafell wely. Gwrthododd Elsie, a chaeodd ddrws yr ystafell wely y tu ôl iddi efo clep. Cadwodd Elsie ei chôt yn y cwpwrdd arall ac aeth i goluro eto. Roedd hi'n amlwg fod Elsie yn flin efo Robert, ac yn fuan cafodd Danny wybod pam. Clywodd eu lleisiau o'r lolfa. Doedd Robert ddim wedi arwyddo'r papurau. Roedd Elsie yn gwrthod cael ffrae efo fo, meddai, ond fedrai hi ddim rhoi ei hun i Robert heb wybod bod ei dyfodol yn saff. Roedd hi wedi cael bywyd trist, sut fedrai hi ymddiried ynddo? Galwodd Robert hi'n *darling* a dwedodd ei fod o eisiau mynd drwy'r papurau unwaith eto. Roedd ei apwyntiad efo Michael Williams wedi cael ei newid. Yfory oedd o'n gweld ei gyfreithiwr. Clywodd Danny siffrwd papurau. Felly, meddyliodd Danny, roedd Robert rhwng dau feddwl ynglŷn â'r papurau ac roedd o'n dweud celwydd wrth y ddwy – Myfanwy ac Elsie. Dechreuodd Elsie grio.

Dyma gyfle Danny. Daeth allan o'r cwpwrdd. Rhoddodd ei fag dros ei ysgwyddau – byddai'n rhaid iddo ddianc yn gyflym cyn bo hir. Clepiodd y drws a sibrydodd Elsie, *'Robert there's somebody in the bedroom!'*

Agorodd Danny ddrws yr ystafell wely. Neidiodd y ddau oddi ar y soffa. *'It's that mad Irish priest,'* meddai Robert. *'What the hell are you doing here?'*

'Mae gen i wybodaeth i chi ynglŷn â'ch ffrind yma.' Cafodd Robert sioc o glywed yr offeiriad yn siarad Cymraeg. Sylwodd Danny fod y papurau ar ben y bag dogfennau ar y llawr.

'Pa fath o wybodaeth?' meddai Robert. 'Ewch o'ma cyn i mi alw'r heddlu.'

'What's he saying?'

'Nothing important Elsie. I'll deal with this.'

'Galwch yr heddlu, Mr Jones, dwi'n siŵr bydden nhw'n cymryd diddordeb yn y digwyddiadau ym mhuteindy swyddogion Madame Eloise yn Llandudno.'

Wrth gwrs roedd Elsie yn medru deall y rhan olaf. Smaliodd lewygu ar y soffa. Aeth Robert ati.

'Are you alright my dear?' Gwthiodd Elsie o i ffwrdd. ''Dach chi wedi gwneud camgymeriad ofnadwy. Dwi'n mynd i alw'r heddlu, ar unwaith.'

Cychwynnodd Robert gerdded at y drws ond tynnodd Danny o'n ôl. 'Chi sy' wedi gwneud camgymeriad, Mr Jones,' ac yn gyflym dechreuodd Danny ddweud hanes Elsie wrtho.

'Are you from Liverpool?' torrodd Elsie ar ei draws.

Roedd Danny'n ddryslyd. *'Yes. Why?'* Sut oedd hi'n gwybod hynny?

Safodd Elsie ar ei thraed. Roedd hi wedi tynnu'r gwn o'i bag gwau ac roedd hi'n ei bwyntio fo at Danny. *'The confessional is sacred,'* sgrechiodd. *'Priests aren't supposed to tell. I'll kill you!'*

Rhuthrodd Robert rhyngddyn nhw. *'No Elsie! No!'* Ond roedd o'n rhy hwyr, roedd Elsie wedi tanio'r gwn. Syrthiodd Robert ar y llawr efo gwaed yn llifo o'i frest. Cododd Danny'r papurau o'r llawr. Roedd Elsie'n ceisio tanio'r gwn eto ond roedd Danny ar ei ffordd allan yn barod. Rhedodd i lawr y grisiau a dringodd dros y ffens i mewn i'r fynwent. Gan gadw ei ben i lawr rhedodd i'r eglwys. Roedd eglwysi yn agored drwy'r amser. Tynnodd ei hen siaced a'i gap o'r bag a gwthiodd y gasog, y goler, yr het a'r dogfennau iddo. Rholiodd y fantell a'i rhoi dan ei gesail. Dechreuodd gerdded allan o'r Rhyl. Roedd hi'n ffordd hir adref ond fyddai neb yn talu sylw i dramp.

Geiriau newydd

ar ei bedwar – *on all fours*
barn – *opinion*
coluro – *to make up*
dan ei gesail – *under his arm*
herian – *to tease*
llewygu – *to faint*
mantais – *advantage*
piffian chwerthin – *to giggle*
siffrwd – *to rustle*
tennyn – *lead*
yn ei (d)dyblau – *doubled up*

Pennod 23

Am ddau o'r gloch y bore, rhoddodd Danny ddillad y ficer yn ôl yn eu lle. Roedd o'n bwriadu cysgu'n hwyr a doedd o ddim yn gwybod pryd fyddai'r ficer yn dod adref. Os oedd Robert Wyn Jones wedi marw, byddai Myfanwy'n cael gwybod yn ddigon buan. Roedd Danny'n fwy pryderus am Megan. Roedd o wedi cadw Robert rhag arwyddo'r papurau, beth bynnag. Aeth â dogfennau Robert i'w seler a syrthiodd i gysgu. Deffrodd Danny i sŵn Elias yn palu yn yr ardd. Roedd ei stumog yn cwyno'n uchel. Roedd arno eisiau bwyd.

Sleifiodd o'r seler win a gwrandawodd wrth ddrws y gegin. Roedd pobman yn ddistaw. Aeth i'r pantri a bwyta cig oer, caws, tatws oer wedi eu rhostio a phopeth oedd o fewn golwg. Yn sydyn, clywodd sŵn car. Caeodd ddrws y pantri a dringodd ar silff i edrych drwy'r ffenest fach. Y ficer oedd yno ac ar unwaith gwelodd Danny Myfanwy'n rhedeg i lawr y llwybr o'r fferm. Siaradodd y ddau am ychydig o funudau ac ar ôl cael gair â'r gyrrwr, aeth y ddau i mewn i'r car. Gyrrodd y car i ffwrdd. Doedd dim ond dau ffôn yn yr ardal. Rhaid bod rhywun wedi ffônio Major Owen yn y Plas neu'r fferm i lawr y ffordd i roi neges i Myfanwy ynglŷn â Robert. Gwnaeth Danny debotaid o de. Benthycodd Father Brown o'r llyfrgell – go brin y byddai'r ficer eisiau darllen llyfr heddiw. Aeth â'r llyfr a'r te i'r seler i aros am y nos.

Am naw o'r gloch, roedd Danny'n edrych drwy ffenest cegin y ffermdy. Roedd Myfanwy a Megan yn ei gŵn nos yn eistedd wrth y bwrdd. Roedd y ddwy yn edrych yn flinedig. Aeth Danny i mewn.

'Wyt ti'n iawn, Megs annwyl?'

'O Danny! Diolch byth! Ydw, dwi'n iawn. Dwed wrthon ni beth ddigwyddodd yn y Rhyl? Mae Dad wedi marw.'

Gwenodd Danny'n llym. 'Wel Myfanwy, dyna ddiwedd ar eich problemau chi!'

'Danny! Am beth ofnadwy i'w ddweud!' meddai Megan. Ddwedodd Myfanwy ddim byd.

'Mae'n ddrwg gen i. Yn wir, mae'n ddrwg gen i. Roedd o'n beth gwirion i'w ddweud. Fuoch chi yn y Rhyl heddiw, 'ta, Myfanwy? Mi welais i'r car yn gadael.'

'Do, Danny. Roeddwn i'n gorfod adnabod y corff a siarad efo'r heddlu. Maen nhw wedi arestio'r ddynes Elsie am y llofruddiaeth.'

'A beth arall?'

'Wel, mae Elsie yn ceisio dweud mai offeiriad Pabyddol gwallgof sydd ar fai, ond does dim golwg ohono fo.' Pwysodd dros y bwrdd efo'i phen yn ei dwylo. 'A dweud y gwir, dwi ddim yn sicr a ddylwn i chwerthin neu grio.'

'Felly – ydyn nhw'n chwilio am yr offeiriad gwallgof?' gofynnodd Danny.

'Maen nhw'n gwneud ymholiadau yn y dref ynglŷn â'r offeiriad, ond dwedodd y sarjant wrtha' i nad oedd o'n credu stori Mrs Radcliffe-Hunt. Dwedodd ei bod hi'n anodd meddwl pam fyddai offeiriad o Lerpwl eisiau saethu Robert Wyn Jones, groser o'r Rhyl.

'Efallai ei fod o eisiau dwyn dogfennau Mr Jones,' meddai Danny gan roi'r dogfennau ar y bwrdd.

'O! Danny. Diolch yn fawr. Wnes i ddim sôn am y dogfennau, wnaeth y sarjant ddim chwaith. Ond mae o eisiau dod i'r fferm i edrych drwy bethau Robert. Roedd arna' i ofn dweud llawer. Roedd hi'n well i mi smalio nad oeddwn i'n gwybod dim byd.'

''Dach chi'n iawn, Myfanwy. Gadewch chi bopeth i Madame Eloise.'

'Madame Eloise? Pwy ydy hi?' gofynnodd Megan.

Dwedodd Danny'r hanes wrthyn nhw. Pan orffennodd y stori, meddai Myfanwy'n drist, 'Robert druan,' a dechreuodd grio.

Roedd llygaid Megan yn sych. Cofleidiodd ei mam. 'Peidiwch â phoeni, Mam, mae o wedi marw. Mae popeth ar ben rŵan.' Safodd ar ei thraed. 'Dwi'n mynd i'r gwely.' Aeth Danny â hi i fyny'r grisiau ac i'w gwely. 'Arhosa efo Mam am dipyn, Danny. Mi fydd hi eisiau ein help ni rŵan.'

Geiriau newydd

gŵn – *gown*

Pennod 24

Roedd llawer o bobl wedi sylwi ar yr offeiriad rhyfedd yn y Rhyl ond ar ôl iddo adael siop Robert Wyn Jones efo bar o siocled, doedd neb wedi ei weld o eto. Roedd Major Evans a ffermwr lleol wedi ei gyfarfod ar y ffordd i Abergele ond doedd neb yn y bryniau uwchben y dref wedi ei weld. O ble roedd o wedi dod? Roedd Miss Clancy o Firmingham wedi siarad efo fo. Roedd hi'n siŵr nad oedd o'n smalio bod yn offeiriad. Ond yn Lerpwl doedd neb wedi clywed am y Tad McGuire a doedd dim plwyf St Bride's yn y ddinas.

'Carchar Bridewell fwy na thebyg,' meddai Sarjant Watson, ond fedrai neb yng ngharchar Bridewell gofio dyn fel Danny. Cafodd llawer o Wyddelod efo locsyn coch eu cyfweld gan heddlu Lerpwl ond medrai bob un ohonyn nhw ddangos ei fod o yn Lerpwl adeg y drosedd.

Methodd yr heddlu wneud cysylltiad rhwng cwpwrdd gwisg ffansi Elsie a Madame Eloise o Landudno. Pam ddylen nhw? Roddodd Elsie ddim esboniad. Doedd yr heddlu ddim yn ymddiried yn Elsie. Roedd hi'n anfodlon siarad am ei gorffennol, hyd yn oed efo'i chyfreithiwr. Doedd ganddi ddim perthnasau, meddai, ond roedd yr heddlu wedi cael gwybod nad oedd swyddog o'r enw Radcliffe-Hunt yn y fyddin yng Ngwersyll Parc Cinmel. Aeth Elsie Radcliffe-Hunt ar brawf am lofruddiaeth yn Lerpwl. Dwedodd fod Robert yn bwriadu rhoi'r siop yn ei henw hi. Roedd dogfennau gan Mr Jones y noson honno. Efallai fod gwraig Robert wedi llogi rhywun i saethu Robert a dwyn y dogfennau. Ond Elsie oedd biau'r gwn.

Cafodd Mr Michael Williams y cyfreithiwr ei alw gan y llys. Oedd, roedd Robert Wyn Jones wedi sôn wrtho am newid dogfennau'r siop, ond gan nad oedd o wedi sôn am y peth yn ddiweddar, meddyliodd Mr Williams ei fod o wedi newid ei feddwl. Nac oedd, doedd ganddo fo ddim tystiolaeth fod Robert Wyn Jones wedi newid ei feddwl, ond doedd gan Mr Jones ddim apwyntiad efo fo yn ystod yr wythnos honno.

Daeth tro gweddw Robert Wyn Jones i ymddangos yn y bocs, y greadures. Roedd y Parchedig Huw Rees-Davies wedi dod â hi i Lerpwl ac roedd o yn yr oriel gyhoeddus. Roedd hi'n anodd iddi ladd ar ei gŵr marw, ond oedd, roedd hi'n gwybod popeth am Robert a Mrs Radcliffe-Hunt. Roedd Mrs Radcliffe-Hunt wedi troi pen ei gŵr – dyn busnes da oedd Robert, ond yn ei galon, dyn syml o'r wlad oedd o. Roedd Robert wedi gweld ei gamgymeriad ac roedd o wedi bwriadu dweud wrth Mrs Radcliffe-Hunt ei fod o wedi newid ei feddwl. Y dogfennau? Wel, fel arfer roedd Robert yn cadw ei ddogfennau ym mharlwr y ffermdy a dyna lle roedden nhw pan aeth yr heddlu i chwilio amdanyn nhw.

Dychrynodd Myfanwy pan gafodd Elsie ei dedfrydu i'w chrogi. Llewygodd yn y llys wrth i Elsie gael ei harwain i ffwrdd. Aeth Huw Rees-Davies â Myfanwy adref. Cafodd y siopau yn y Rhyl eu cau. Ar ôl angladd Robert yn Eglwys Sant Elidir, dechreuodd cyflwr meddwl Myfanwy ddirywio. Roedd hi'n gwrthod gadael y tŷ. Doedd hi'n siarad efo neb ond Megan. Roedd hi'n dweud dro ar ôl tro, 'Beth ydw i wedi ei wneud?' Doedd hi ddim eisiau gweld Danny o gwbl. Roedd Danny'n drist. Roedd o wedi bod mewn perygl, medrai fod wedi cael ei saethu, ond roedd o'n deall sut roedd Myfanwy yn teimlo – roedd o wedi teimlo'n euog am gorff Jackson yn afon Dyfrdwy.

Methodd apêl Elsie yn erbyn ei dedfryd, ond hi oedd yn rheoli ei bywyd tan y diwedd. Ar fore ei chrogi cafodd ei darganfod yn farw yn ei chell. Roedd hi wedi cymryd arsenic. Rhoddodd Myfanwy reolwr yn siop Robert ac arwydd 'Ar Osod' ar y siop drws nesaf. Dros y gaeaf, treuliodd Myfanwy lawer o amser yn yr eglwys ac roedd Huw Rees-Davies yn gymorth mawr iddi. Teimlodd na fyddai pethau byth yr un fath rhwng Huw a hi. Fyddai hi byth yn medru dweud wrtho am y celwyddau a'r cyfrinachau yn ei bywyd.

Aeth y gaeaf heibio'n araf i Danny. Roedd o'n ddigalon iawn o golli trydydd pen-blwydd Bryn. O dro i dro, pan oedd y ficer i ffwrdd, byddai'n gwylio ei fab drwy lenni'r ystafell wely gefn wrth i Myfanwy, Megan neu Betsan ddod â fo i'r ficerdy. Pa fath o fywyd oedd hwn? Dechreuodd Myfanwy siarad efo fo eto, ac roedd o'n gwneud ei chyfrifon ac yn gwarchod yr ŵyn fel arfer, ond roedd Megan yn nerfus. Tasai Danny'n dod allan o'i guddfan rŵan basai pobl yn dechrau amau. Roedd dolen goll yn achos marwolaeth Albert ac roedd yr offeiriad rhyfedd yn ddolen goll ym marwolaeth Robert Wyn Jones. Heb ei locsyn hyd yn oed, basai'n edrych yn rhyfedd tasai dolen goll arall – mab-yng-nghyfraith Myfanwy – yn ymddangos o nunlle.

'Arhosa tan y gwanwyn, Danny,' awgrymodd Megan. Ond pan ddaeth y gwanwyn, roedd Danny wedi cael llond bol ar ei fywyd yn y seler ac ar ei ffordd yn ôl i Lyn Crafnant.

Geiriau newydd

dedfryd – *sentence*
dirywio – *to deteriorate*
dolen goll – *missing link*
lladd ar – *to speak unkindly of*
llogi – *to hire*
llys – *court*
nunlle – *nowhere*
prawf – *trial*
trosedd – *crime*
y greadures – *poor thing*

Geirfa

achlysur – *event*
aflonydd – *restless*
agor ceg – *to yawn*
anghysurus – *uncomfortable*
angladd – *funeral*
am wyneb – *what a cheek*
amau – *to suspect*
amddiffyn – *to protect*
amlen – *envelope*
amser te deg – *morning tea time*
anfodlon – *unwilling*
anffurfiol – *informal*
ar ddiffygio – *exhausted*
ar ei bedwar – *on all fours*
arafu – *to slow*
archebu – *to order*
archwilio – *to inspect*
arddwrn – *wrist*
argraff – *impression*
argyfwng – *crisis/emergency*
arswydus – *grisly*
arwydd – *sign*
asyn – *donkey*
atseinio – *to echo*
awenau – *reins*
awgrymiadau – *suggestions*
baglu – *to stumble*
balch – *proud*
barn – *opinion*
bas – *shallow*
bawd – *thumb*
beili – *bailiff*
bendith – *blessing*
berfa – *wheelbarrow*
boddi – *to drown*
bonclust – *clout*
boneddiges – *lady*
bonheddig – *upper class*
bras – *rough*
breuddwyd – *dream*
brithyll – *trout*
brwd – *enthusiastic*
buddsoddiad – *investment*
byddar – *deaf*
bythgofiadwy – *unforgettable*
cadno – *fox*
cadwyn – *chain*
cael gwared ar – *to get rid of*
camu – *to step*
caniatâd – *permission*
canrif – *century*
carchar – *prison*
carcharor – *prisoner*
caseg – *mare*
cefn dydd golau – *broad daylight*
cefnder – *cousin (m)*
ceiliog – *cockerel*
cist – *chest (of furniture)*
claddu – *to bury*
clebran – *to chatter*
clepian – *to bang*
clicied – *latch*
cloff – *lame*
clwt – *cloth*
clymu – *to tie*
clyw – *hearing*
codi croen gŵydd – *to make flesh creep (idiom)*

cofiadwy – *memorable*
cofleidio – *to hug*
coluro – *to make up*
copa – *summit*
crogi – *to hang*
crwydro – *to wander*
crwydrol – *wandering*
crynu – *to shake*
cuddfan – *hiding place*
cuddio – *to hide*
cul – *narrow*
curiad – *pulse*
cweir – *thrashing*
cwmpawd – *compass*
cyfaddef – *to admit*
cyfamser – *meanwhile*
cyfarth – *to bark*
cyfoethog – *rich*
cyfogi – *to vomit*
cyfraith – *law*
cyfrif ar y cyd – *joint account*
cyfrifon – *accounts*
cyffwrdd – *to touch*
cyhyrau – *muscles*
cymodi – *to make peace/ reconcile*
cynlluniau – *plans*
cynnau – *to light*
cynnig – *to offer*
cynrhon – *maggots*
cysgu fel twrch – *to sleep like a boar (idiom)*
cystadleuaeth – *competition*
cysuro – *to comfort*
cysurus – *comfortable*
cysylltu – *to connect*
cywilydd – *shame*
chwarae cuddio – *hide and seek*
chwarddodd – *he laughed*
chwerthin am ben – *to laugh at*
chwifio – *to wave*
chwip hela – *hunting crop*
chwys – *sweat*
chwysu – *to sweat*
chwythu – *to blow*
dagrau – *tears*
dan ei gesail – *under his arm*
darganfod – *to discover*
datrys – *to solve*
dedfryd – *sentence*
deilen/dail – *leaf/leaves*
derbyn – *to receive*
dewis – *to choose*
dial – *revenge*
dig – *angry*
difater – *unconcerned*
diferu – *to drip*
difetha – *to spoil*
diflannu – *to disappear*
diffodd – *to put out/switch off*
dinesig – *urban*
diniwed – *simple/innocent*
dirgel – *secret*
dirywio – *to deteriorate*
diweddarach – *later*
doeth – *wise*
dogfen – *document*
dolen – *handle*
dolen goll – *missing link*
doniol – *amusing*

drewi – *to stink*
dwfn – *deep*
dwyn – *to steal*
dychryn – *horror*
dyfnder – *depth*
dyletswydd – *duty*
eilradd – *second class*
emyn – *hymn*
encilwyr – *deserters*
ergyd – *blow*
esgyrnog – *bony*
estron – *stranger*
euog – *guilty*
ffedog – *apron*
ffêr – *ankle*
ffon – *stick*
ffroenuchel – *toffee-nosed*
ffrwydro – *to explode*
ffydd – *faith*
gafael – *to grab/to hold*
galarus – *grieving*
galarwyr – *mourners*
gan gynnwys – *including*
gast – *bitch*
gefynnau – *handcuffs*
gên – *jaw*
glan llyn – *lakefront*
godro – *to milk*
gollwng – *to drop*
gordd – *sledgehammer*
gosod – *to let*
griddfan – *to groan*
gwadu – *to deny*
gwag – *empty*
gwahoddiad – *invitation*
gwarchae – *siege*
gwarchod – *to watch over*
gwasgaru – *to scatter*
gwau – *to knit*
gwddf – *neck*
gweddïo – *to pray*
gweddw – *widow*
gwefus – *lip*
gweill – *knitting needles*
gweini – *to serve/wait on*
gweinydd – *waiter*
gwelw – *pale*
gwellt – *straw*
gwersyll – *camp*
gwisg hwyrnos – *evening dress*
gwisgoedd – *uniforms*
gŵn – *gown*
gwneud y tro – *to make do*
gwrach – *witch*
gwreiddiau – *roots*
gwrtaith – *manure*
gwrthod – *to refuse*
gwrych/gwrychoedd – *hedge(s)*
Gwyddelig – *Irish*
gwylltio – *to go wild*
hambwrdd – *tray*
herian – *to tease*
hesg – *rushes*
hyd yn hyn – *so far*
hyllach – *uglier*
lapio – *to wrap*
locsyn – *beard*
lladd ar – *to speak unkindly of*
llanc – *youth*
llaswyr – *rosary*
llechen – *slate*

lleianod – *nuns*
llewygu – *to faint*
lliain – *cloth*
llithro – *to slip*
llofruddiaeth – *murder*
llogi – *to hire*
llond dwrn – *handful*
llonydd – *still*
llwch – *dust*
llydan – *wide*
llyfu – *to lick*
llym – *grim*
llys – *court*
llyw – *steering wheel*
machlud – *sunset*
maddau – *to forgive*
mantais – *advantage*
mantell – *cape*
manylion – *details*
mentro – *to take a risk*
methu – *to fail*
milwyr – *soldiers*
milltir sgwâr –
old haunts (idiom)
minlliw – *lipstick*
moesgar – *polite*
morwyn – *maid*
mud – *dumb*
mwy na thebyg –
more than likely
mynnu – *to insist*
mynwent – *cemetery*
nai – *nephew*
nodwydd – *needle*
nodyn – *key/note*
noethlymun – *stark naked*
nôl – *to fetch*
nunlle – *nowhere*
o amgylch – *around*
offeiriad – *priest*
olion – *remains*
olion traed – *footprints*
palu – *to dig*
parchus – *respectable*
persawr – *perfume*
perthyn – *to be related*
pesychu – *to cough*
petruso – *to hesitate*
piau – *to own*
piffian chwerthin – *to giggle*
plu – *feathers*
plwyf – *parish*
pobydd – *baker*
prawf – *trial*
pridd – *soil*
prin – *hardly*
profi – *to test*
profiad – *experience*
pryderus – *worried*
prydles – *lease*
puteindy – *brothel*
pŵl – *dull/faded*
pwyso – *to lean*
pydru – *to putrify*
rhaff – *rope*
rhaw – *spade*
rhes – *row*
rhewi – *to freeze*
Rhufain – *Rome*

rhwd – *rust*
rhydu – *to rust*
rhyddid – *freedom*
rhyfedd – *strange*
rhyfeddol – *remarkable*
rhyfel – *war*
saethu – *to shoot*
sefyllfa – *situation*
serth – *steep*
sidan – *silk*
siffrwd – *to rustle*
smalio – *to pretend*
suddo – *to sink*
swil – *shy*
swta – *curt/abrupt*
syllu – *to stare*
synnu – *to be shocked*
tacluso – *to tidy*
talcen – *forehead*
talu sylw – *to pay attention*
tawelwch – *silence*
tebyg i law –
likely to rain (idiom)
tenau – *thin*
tennyn – *lead*
terfysg – *riot*
tlawd – *poor*
trais – *rape*
traw – *pitch*
trosedd – *crime*
troseddu – *to commit crimes*
trwsio – *to mend*
twpsyn – *idiot*
tŷ gwair – *hay barn*
tyn – *tight*
tynnu blewyn o drwyn –
to put someone in his place (idiom)
tystiolaeth – *evidence*
tywallt – *to pour*
tywod – *sand*
uffern – *hell*
unawdydd – *soloist*
waeth – *might as well*
wedi diflasu –
to be bored (idiom)
ŵyn – *lambs*
y greadures – *poor thing*
ychwanegol – *extra*
ymddiried – *to trust*
ymestyn – *to extend*
ymholiadau – *enquiries*
ymosod – *to attack*
yn ei (d)dyblau – *doubled up*
yn llwyr – *completely*
yntau – *him*
ysbryd – *ghost*
ystlumod – *bats*
ystumiau – *gestures*

Nofelau eraill yn y gyfres